आखर कुंज

(साझा संग्रह)

संपादक

लाल चंद्र यादव-आरती प्रियदर्शिनी

PG PUBLICATION

दिल्ली-110089, (भारत)

संस्करण : 2019
ISBN : 978-81-942084-5-7

प्रखर गूँज पब्लिकेशन
एच-3/2, सेक्टर-18, रोहिणी, दिल्ली-110089
दूरभाष : 7982710571, 7838505899

प्रथम संस्करण : 2019

आवरण : दुर्गाप्रसाद

आखर कुंज

By **Lal Chandra Yadav & Arti Priyadarshini**

Published by
PRAKHAR GOONJ PUBLICATION
Delhi-110089
E-mail : prakhargoonj@gmail.com
sinha.neelu123@gmail.com
011-27851059,7982710571, 7838505899

क्रम तालिका

क्रम	विषय	पृष्ठ संख्या
1.	लीना दरियाल	5
2.	विजय कनौजिया	15
3.	मोना बग्गा 'दिशा'	24
4.	रश्मिलता मिश्रा	34
5.	सोमा सिंह	45
6.	शाहाना परवीन	53
7.	अंशु राय	62
8.	प्रीति शर्मा 'असीम'	73
9.	वर्षा ठाकुर	83
10.	तनूजा दत्ता	92
11.	नरहरि सिंह चौहान 'राज'	99
12.	नवीन कुमार जैन	107
13.	प्रीति चौधरी	114
14.	सुभाष 'पागल'	123
15.	राज कुमार जैन 'राजन'	132
16.	मनोज कान्हे 'शिवांश'	141

लीना दरियाल

माता का नाम	:	श्रीमती शिव कुमारी
पिता का नाम	:	श्री जगन्नाथ सिंह राना
पति का नाम	:	श्री पूरन सिंह
जन्मतिथि	:	13 अगस्त 1971
शिक्षा	:	बी. एस. सी.
वर्तमान कार्य	:	वरिष्ठ लेखा परीक्षा अधिकारी
वर्तमान पता	:	7/539, विकास नगर, निकट CIMAP कॉलोनी, लखनऊ।
Mail id	:	leenadariyal@gmail.com

लीना दरियाल

हम हर रंग में रहेंगे

कुछ कोहरे से रहेंगे,
कुछ उजले से रहेंगे।
तस्वीर के रुख में,
कुछ बदरंग रहेंगे।

देखोगे गर मेरी नजर से,
हम पर हर रंग रहेंगे।
कभी सुबह का उजाला,
कभी शाम के संग रहेंगे।

कभी होगी अमावस्या,
कभी चाँद संग रहेंगे।
देखोगे गर मेरी नजर से,
हम हर रंग संग रहेंगे।

कभी नीला आसमानी,
कभी तूफान के रंग रहेंगे।
कभी स्याह होगी रात,
कभी तारों के संग रहेंगे।

देखोगे गर मेरी नजर से,
जलजलों के भी रंग रहेंगे।
कभी रेत में तूफान का रंग,
कभी आंधियों संग रहेंगे।

कभी झील का शांत रंग,
कभी समुंदरों से रहेंगे।
देखोगे गर मेरी नजर से,
हम पर हर रंग रहेंगे।

कुछ खास ना था

मीलों दूर होकर भी जो, लगता बहुत पास था,
मौजूदगी में एहसास हुआ, वास्ता खास ना था!
चिंगारी तो दबी होगी, धुंआ यूँ ही ना उठा होगा,
आंखों में क्यों आया पानी, गुबार खास ना था!
सोचा गर मिले कहीं, बनेगी एक मुकम्मल ग़ज़ल,
अल्फाज भी कम हुए, एहसास भी खास ना था!
कुछ लिखने थे प्यारे गीत, बनाने थे नये तरन्नुम,
आवाज भी खोई सी थी, साज भी खास ना था!
कुछ बदले से तुम भी थे, कुछ हम भी बदल गये,
अदावत ना सही, पर मरासिम भी खास ना था!
कुछ किस्से बुनने थे, बनानी थी कुछ कहानियां,
दास्ताँ बनी तो थी, पर किरदार कुछ खास ना था!
कुछ कदम धूप में चले, छाँव की तलाश भी थी,
दरख़्त मिला तो था, पर साया कुछ खास ना था!

कैसे रोक लगे सोचते रहे

तितली के पँखो को निगाहों से नोचते रहे,
शहर में कैसे रुकें उड़ाने बस सोचते रहे!

कुछ इतना बौखला गये सब नई उड़ानों से,
रंगों को बदरंग करने का बहाना सोचते रहे!

उड़ान कुछ ऐसी कि पीछे रह गये सब कहीं,
कैसे उसके पर कटे हर वक्त ये सोचते रहे!

लीना दरियाल

पहचान जो बनाई अपनी खुद से दुनिया में,
पहचान को मिटाने का बहाना सोचते रहे!

बेड़ियां तोड़ के कई बार आगे बढ़ी 'लीना',
इल्ज़ामात क्या और लगाए यही सोचते रहे!

जज्बा अब वो ना रहा

सीमेंट के जंगलों का जाल रच गया,
दिलों में सबके जहर सा घुल गया!

आंकड़ो पर टिके हुए हम डिजिटल,
संवेदना में लेकिन मन शून्य हो गया!

खुद की जय में हर शख्स मशगूल,
जय हिंद सिर्फ पोस्टरों में सिमट गया!

नफरतों के नाम पे जलती बस्ती देख के,
खौफजदा शिशु निर्जीव माँ से लिपट गया!

कभी थी गर्मजोशी एक दूसरे से मिलने में,
मासूम जमाना वो पार्टियों में बंट गया!

तंत्र ने फेंका कुछ ऐसा सम्मोहन,
गणतंत्र का गण हाशिये पर हो गया!

चीन रूस जर्मन अब आदर्श हैं हमारे,
विरासत की जड़ों से ये पेड़ हट गया!

जलते हैं दिये आज भी देशप्रेम के,
लौ ये कुछ दिवसों तक सिमट गया!

करते हैं जयगान और गूँजते हैं नारे भी,
लेकिन वो जज्बा अब कहीं खो गया!

ख्वाहिशों के पंख

उन ख्वाहिशों का क्या,
जिनको पंख ना मिले!
उन एहसासों का क्या,
जिनको अल्फ़ाज़ ना मिले!
कुछ अल्फ़ाज़ बस यूँ ही,
आवाजों को तरस गये!
कुछ अनमोल से क्षण,
एक नजर को तरस गये!
कुछ आवाजें भीड़ की,
सन्नाटों को तरस गयी!
मेला था ख्वाहिशों का,
एक हसरत को तरस गयी!
नादान बचपन खेत में पिसा,
रात दो निवालों को तरसा!
मेहनत लाचार ने किया,
धन कहीं और को बरसा!
अभाव की कहानियाँ बिखरी,
जो आंकड़े कहीं ना मिले!
सिर्फ चंद सुखीचन्दों की,
हर तरफ जय जयकार मिले!

लीना दरियाल

अभी लौट जाएँ

अभी तो जिंदगी के फेरे हैं,
ये जो मायूसियों के घेरे हैं दूर अंधेरे हैं,
उनसे कह दो अभी लौट जाएँ।

अभी तो दिया और बाती है,
जिंदगी मुस्कुराती है गीत गुनगुनाती है,
उदासियों से कह दो अभी लौट जाएँ।

अभी तो कई किस्से बाकी हैं,
कई कहानियां सुननी हैं कविताएं बुननी हैं,
सन्नाटों से कह दो अभी लौट जाएँ।

अभी तो चेहरों पर हंसी आई है,
खुशी की आहटें हैं लम्हों को गुजरना है,
बेरुखियों से कह दो अभी लौट जाएँ।

अभी तो लफ्जों को जुबां मिली है,
अहसासों को जाना है कुछ गुनगुनाना है,
खामोशियों से कह दो अभी लौट जाएँ।

उनके खेल चलते रहे

पुल गिरे, अस्पताल जले, हादसे कई होते रहे,
किसे क्या फर्क पड़ा, उनके खेल चलते रहे!
कल नई सड़कें बनी, आज फिर खुदी पड़ी,
किसे क्या फर्क पड़ा, जाम में हम फँसते रहे!
नियमों की धज्जियाँ उड़ी, तंत्र है नींद में,
किसे क्या फर्क पड़ा, जब एन ओ सी मिलते रहे!
जिम्मेदारी क्या होती है, कौन इस पचड़े में पड़े,
किसे क्या फर्क पड़ा, वोट बस पड़ते रहे!
कल कुछ था सच तो, आज है कुछ झूठ,
किसे क्या फर्क पड़ा, आरोप बस लगते रहे!

लहराता मौसम

मौसम में छायी खुमारी है,
धूप के संग हवा की यारी है!
बौर आये आम के पेड़ों पर,
कोयल की कूक की बारी है!

उमड़ घुमड़ के बरसे बादल,
भीग गया लहराता आँचल!
मन में गूंजी प्यार की सरगम,
थिरक उठी पैरों की पायल!

निर्मल पावन सी धरती पर,
अम्बर से अमृत बरसा कर!
प्यार से भर दी मन की गागर,
तुम भी चख लो छलका कर!

लीना दरियाल

महक उठा है मन का चन्दन,
तुम भी भर लो प्रीत से दामन!
सँवर उठा धरती का आँचल
खिल उठा है गुलशन गुलशन!

झोंका पवन का खुशबू लाया,
मधुबन में हर गुच्छा मुस्काया।
धरा ने ओढ़ा प्रीत का आँचल,
देखो नभ में सतरंगा लहराया।

किरण का नर्तन

मन विभोर हो देख रहा था,
सूर्य किरण का सुंदर नर्तन।
बलखाती कोपल को छूना,
उस किरण का करके नर्तन।

देख कोपल किरण का नर्तन,
मन विभोर कर रहा था मनन।
अंतःकरण था सुवासित सा,
निहार वो सुंदर सी चितवन।

लेकिन अंधकार ऐसा आया,
काले बादल में छिपी किरण।
कोपल का बलखाना भूला,
सिहर गयी मोहक चितवन।

बादल दाढ़ी बाबा सा देखा तो,
मन ने दोहराया फिर बचपन।
कैसे छिप जाते थे सब देख,
दाढ़ी बाबा पोटली का पैरहन।

आज दिखी कुछ वैसी ही,
कोपल के मन की सिरहन।
मन लेकिन भटक गया आज,
कुछ भी कर न पाया मनन।

बदलते मानक

शोभन अशोभन अब रहा नहीं,
सभ्य असभ्य अब रहा नहीं,
मानक अब सब बदल गये,
वाणी पर कोई संयम रहा नहीं।

कद अब वो कोई दिखता नहीं,
भाषा में कोई वजन दिखता नहीं,
खुद का महिमा मंडन करते हैं,
अब कहीं आदर्श दिखता नहीं।

कैसी हो रही है ये सियासी जंग,
भागीदार वो जो न जाने जंग,
कहीं बेमतलब के कस रहे तंज,
कहीं दो रोटी को होती नित जंग।

आज की यही संस्कृति हो रही,
सिर्फ तंज की रस्साकशी हो रही,
दिखा कर मंच से बाहर की राह,
खुद की ही महिमामण्डन हो रही।

जनमानस के आदर्श बदल गये,
गुरु के भी अर्थ क्यों बदल गये,

लीना दरियाल

जो संस्कृति भाषा की होती थी,
वो तो जड़ चेतन से ही कट गये।

अब तो सिर्फ बातों की कटारी है,
मत भूल समय के हाथ में आरी है,
समय पर बराबर कर ही देता है,
वक्त की लाठी सब पर भारी है।

विजय कनौजिया

पता	:	45 जोरबाग
		नई दिल्ली-110003
शैक्षिक योग्यता	:	एम० ए० (राजनीति शास्त्र 2002)
		डॉ राम मनोहर लोहिया
		अवध विश्व विद्यायालय, फैज़ाबाद (उ० प्र०)
जन्म	:	27 जनवरी 1978
मोबाइल	:	9818884701
ईमेल	:	vijayprakash.vidik@gmail.com

नयन आज आतुर सा क्यूँ है

नयन आज आतुर सा क्यूँ है
मन में कुछ हलचल सी क्यूँ है
पलकों की पंखुड़ियां गीली
बारिश सा ये मौसम क्यूँ है
नयन आज आतुर सा क्यूँ है..।।

दिल जो स्वच्छंद गगन में
विचरण सा करता रहता था
हौले-हौले न जाने क्यूँ
उसमें ये भारीपन क्यूँ है
नयन आज आतुर सा क्यूँ है..।।

नयनों का यूँ झरना बनना
न जाने क्या दर्शाता है
शायद कोई सपना टूटा
या फिर कोई अपना रूठा
इन्हीं विचारों में मैं उलझा
न जाने ये उलझन क्यूँ है
नयन आज आतुर सा क्यूँ है
नयन आज आतुर सा क्यूँ है..।।

आंसू मेरे निकल गये

बदले-बदले हालातों से
अपने भी अब बदल गये
सपने जो बुनते थे मिलकर
वो सब तो अब बिखर गये!
रिश्तों का माधुर्य मिलन जो
सुखदायी सा लगता था
वक्त की आंधी ऐसी आयी
वो सब दुःख में बदल गये
जिन रिश्तों को सींचा हमने
स्नेह का जल संचय करके
वो तो अवसरवादी बनकर
न जाने कब निकल गये!
हालातों का ऐसा मंजर
एक दिन ऐसे आयेगा
इसी सोच में आंखों से अब
आंसू मेरे निकल गये
आंसू मेरे निकल गये.....।।

सपना गर अपना हो जाये!

सपना गर अपना हो जाये!
किस्मत भी इतराती है
जीवन की जो परिभाषा है
सुखद सरल बन जाती है
जीवन उपवन पुष्पित होकर
नई उमंगें भरती हैं
हर सुख-दुःख फिर कट जाते हैं

नई तरंगें भरती हैं
सपनों का भी सच हो जाना
जीवन की उपलब्धि है
सकारात्मक निष्ठा मन में
ऐसी ज्योति जगाती है
सपना गर अपना हो जाये
किस्मत भी इतराती है..।।

आहट की अभिलाषा में

प्रेम के उपवन की हरियाली
मन को मोहित करती है
पुष्पों के सौंदर्य की गरिमा
मन में हलचल करती है
भौरों का मदमस्त समर्पण
पुष्पों पर इतराने का
मेरा मन भी करता है
मीठी यादों में खो जाने का
डाली पर कोयल की कू-कू
मधुर मिलन की आशा में
मैं भी गुम-सुम सा बैठा हूँ
इक आहट की अभिलाषा में
इक आहट की अभिलाषा में..।।

रिश्तों में सच्चाई ढूंढूं

रिश्तों में सच्चाई ढूंढूं
अपनों की परछाई ढूंढूं
रिश्तों की जो गहराई थी
वो सब अब बदलाव लिये है
संबंधों की नीति बदल गई
मिलने की तकनीक बदल गई
स्वार्थ भरी रिश्तों की चाहत
अब तो ये राजनीति बन गई
रिश्तों के इन अनुबंधों में
रिश्तों की तस्वीर बदल गई
संबंधों की नीति बदल गई
प्रतिस्पर्धा से भरी ज़िन्दगी
सबकी भागम-भाग भरी है
जीवन के हर एक पथिक की
फिर से वही कहानी ढूंढूं
रिश्तों की सच्चाई ढूंढूं
अपनों की परछाई ढूंढूं
अपनों की परछाई ढूंढूं....।।

न जाने क्यूँ नयना बरसे

न जाने क्यूँ नयना बरसे
स्नेह से पुलकित मन हरसे
न जाने कब सावन बरसे
मिलने को आतुर मन तरसे
न जाने क्यूँ नयना बरसे....।

एहसास मिलन की आशा में
न जाने कितने अरसे बीते
अब आ भी जाओ मीत मेरे
न जाने क्यूँ नयना बरसे....।

अब नयन प्रतीक्षारत से हैं
सपनों में फिर खो जाने को
इस आतुरता में व्याकुल मन
न जाने कब सावन बरसे....।

स्मृतियां बीते लम्हों की
मन को विचलित सी करती हैं
अभिलाषा तुमसे मिलने की
चौखट पर आहट करती है
अब आ भी जाओ मीत मेरे
न जाने क्यों नयना बरसे..।।

चलो चलें साथी बन जायें

चलो चलें साथी बन जायें
तुम और मैं घुल-मिल सा जायें
जीवन रूपी विस्तृत पथ पर
तुम पथ, मैं पथिक बन जायें
जीवन के इस नये सफ़र में
निश्चित एक गंतव्य बनायें
चलो चलें साथी बन जायें..।।

तुम जो साथ मेरे हो जाओ
सफ़र सुगमता से कट जाये
पहले मीत बनो तुम मेरे
फिर प्यारा सा जहाँ बनायें
चलो चलें साथी बन जायें..।।

आशा और विश्वास भरा मन
आतुरता में नयन बिछाये
मीत मेरे मनमीत बनो तुम
हम दोनों पूरक बन जायें
चलो चलें साथी बन जायें..।।

विजय कनौजिया

तुम साथ मेरा देते रहना

हे मीत मेरे, मनमीत मेरे
मेरे जीवन के हर पथ पर
तुम साथ मेरा देते रहना
मेरे गुनगुनाते होठों पर
संगीत सदा देते रहना
होता है सहज सफर मेरा
जब साथ मेरे तुम होते हो
यूँ सतत प्रक्रिया बनी रहे
संबंधों के परिधानों में
होता है जब एकाकी मन
तुम पूरक बनकर आते हो
मेरे वीराने मन में तुम
प्यारा सा दीप जलाते हो
एहसास मधुर संबंधों का
यूँ सदा हमेशा बना रहे
मेरे सपनों के आँगन में
मनमंदिर तेरा सजा रहे
न विरह वेदना हो कोई
रिश्तों के इन खलिहानों में
तुम साथ सदा देते रहना
रिश्तों के इन परिधानों में..।।

तन्हाई वाले मौसम में

हौले-हौले कानो में
जब आहट कोई होती है
मंद-मंद मुस्कान भरी
चेहरे की रंगत होती है
चेहरों का नूरानी होना
मदमस्त गगन का हो जाना
तुम पूरक मन के भावों का
आगन्तुक बन के आये हो
मेरे मन के खालीपन को
तुम आज सजाने आये हो
उन पायल के झंकारों से
झंकृत अब मेरा हृदय हुआ
एहसास सुखद तुम लाये हो
तन्हाई वाले मौसम में....।।

खुशियों का रंग तुम भरा करो

मन को मत व्यथित करो इतना
सुख-दु:ख तो आनी जानी है
यूँ ही कट जायेगा जीवन
जीवन की यही निशानी है
जब मन में कोई चिंता हो
उपजाऊ मन के कोने में
तुम भूल उसे आगे बढ़ लो
जीवन की नई उमंगों में
है जीवन का प्यारा हर क्षण
यूँ व्यथित कभी न हुआ करो
जीवन की इस रंगोली में
खुशियों का रंग तुम भरा करो..।।

मोना बग्गा 'दिशा'

पति	:	श्री राजकुमार बग्गा
माता	:	हरदीश कौर बग्गा
पिता	:	श्री नरेन्द्र सिंह बग्गा
जन्म तिथि	:	25 अगस्त 1972
जन्म स्थान	:	हजारीबाग, झारखंण्ड
शिक्षा	:	ग्रेजुएशन, होम साइंस ऑनर्स
सम्प्रति	:	ब्यूटीशियन, समाज सेवा, लेखिका
स्थानीय पता	:	नजदीक होटल श्री विनायक पी.टी.सी.रोड, मटवारी, हजारीबाग झारखंण्ड-825301

माँ हूँ!

आँगन के बीच मे पड़ी टूटे रिश्तों की दीवार
रोज अपनी कहानी सुनाती है
कुछ बातें उधर से
कुछ इधर से कह जाती है

जिन रिश्तों को
अपनी कोख में
रक्त से सींचा था मैंने
वो आज अपराधी
मुझे बना जाते हैं
दो टूकर रोटी
मेरी थाली में डाल जाते हैं

बीच दीवार में लगी
मेरी खाट
ना घर की रही
और ना घाट की रही
ये एहसास करा जाते हैं
'माँ' हूँ.....
इसकी सज़ा दे जाते हैं

मोना बग्गा 'दिशा'

बेवज़ह ही

टूट जाती है वो
हर बार ही तो पल में
खुद को पूर्ण और
संपूर्ण समर्पित

करती हुई प्रेम से
रिश्तो के बंधन में

बँधी वो रिश्ते की डोर
अब बोझ नहीं ढो
पा रही जिंदगी का
बीच-बीच मे उधड़ सी गयी है
बहुत उलझती रही वो नादान
उसे सुलझाने को मगर वो डोर
रूखी सी बेजान सी हो गयी है
फिर भी ढोए जा रही है

जिंदगी में

अपने संस्कारो को...
अपनी मर्यादा को....
समाज के झूठे आदर्शों को....
खोखली इज्जत की शान को....

बेवजह ही क्या करे क्योंकि ....
आँखे नम कर..
होठों पर खोखली मुस्कान चिपका ....

उसे ही तो सिखाया जाता है ना रिश्तों पर 'आत्मस्वाभिमान'
की बलि देना....

उम्मीद

जीवन की दहलीज पर
बैठी 'उम्मीद'
कितने ही सपने
बुन जाती है क्षण भर में
क्षणिक होता है
सब कुछ पर
बाँध जाता है
जीवन के सत्य से
उस सत्य को
आँचल से बाँध
फिर बुन लेती हूँ
अनेको स्वप्न
पूरे होते हैं कुछ
अधूरे होते है कुछ
और रह जाते है कुछ
केवल उम्मीद बन कर
प्रेम होता है टूट कर
बड़ी शिद्दत से इसलिए
जब आश के
तिनके बिखरते हैं तब
उम्मीद फिर जन्म देती है

मोना बग्गा 'दिशा'

'दर्द' को दर्द वो जो
सिखा जाता है
उम्मीद ना कर
उम्मीदें पूरी नहीं
हुआ करती
'दर्द' दे जाती है
और ना भरने वाले
ज़ख्म भी नासूर से!
दर्द तो दर्द होता है
फिर जन्म होता है!

'समर्पण' का
जो खुद को संतुष्ट कर
होता है उस प्रेम के लिए
जो खुद से मोहब्बत
करना सिखाता है
अपनी रूह को
रूहानी बनाता है
इबादत कर
खुदा बना देता है
एक अदृश्य सी
शक्ति का संचार
सा हो जाता है खुद में
और फिर चारों ओर
केवल ....

प्रेम ही प्रेम होता है
इस प्रेम में ही तो
मीरा ने ......
विषपान किया था!
राम ने शबरी के
जूठे बेर खाए थे!

प्रेम समर्पण है
मीरा ने समर्पित
कर दिया खुद को
श्याम के प्रेम में
रंग गयी प्रीत के रंग में
समर्पित था प्रेम
मीरा का गिरधर के लिए
बिना छुए
बिना पाने की चाह किए
इस लिए पवित्र बन गया
पूजा हो गया........।

जीवन के इस पड़ाव तक

एक उम्र जी ली है मैने
बोझिल साँसे और
कितने लम्हे....
कीमती बेखबर से..

ख़्वाब से भरा उपवन
सरिता सी बहती
जीवन की धारा
त्याग से पूर्ण मेरी साधना
सुख दुख की समृतियों
से भरी पोटली
एहसासों से भरा आँगन
आसमां से ख्वाहिशें
बरसाती वो बारिश की बूँदे

वो चुनौतियाँ ....

वो प्रहार....
वो प्रेम से भरी मेरी आँखें
जो हर पल ढूँढा
करती थी कुछ ....
तेरे मेरे दरमियाँ
और फिर केवल
सजल आँखे....
सूने रास्ते....
अधूरे मोड़....
और तेरी मेरी
दो लफ्जों की अनकही कहानी

राह तकती सी

हर शाम सोलह श्रृगांर किये
मै देहरी पर इंतार करती हूँ
अपने कद्रदानों का

जो मेरी पहचान
करा जाते हैं मुझसे

मेरे अधूरे ख़्वाबो से...
मेरी टूटी बिखरी
तमन्नाओं से...
मेरे असहनीय दर्द से...
मेरी कभी ना पूरी होने
वाली ख्वाहिशों से....

किए जाते हैं मुझे वादा
फिर मिलने का

बो जाते हैं बीज
दिल की मिट्टी में
फिर खिलते हैं
कुछ पूरे.. कुछ अधूरे
ख़्वाबो के फूल और
आँखो में लम्बा
इंतजार लिये .....

मैं फिर खड़ी हो जाती हूँ
उस दहलीज पर

जहाँ का दरवाजा
खुलता तो है हमेशा
अंदर आने को
मगर बंद हो जाता है
हमेशा के लिए
बाहर जाने को
और फिर पंख कटे
पाखी की तरह
जीवन की साँझ
दम तोड़ देती है
उस
दहलीज पर ही
आँखे खोलकर
किसी के इंतजार में.....
राह तकती सी...

मोना बग्गा 'दिशा'

बेरंग रंगों में

ये मौसम भी
कमाल है ना
सुबह सुनहरी
धूप खिल उठी थी
नजारे रंगीन थे
हर तरफ नजारो में
सुकून सा था
दिल की जमीं पर
तुम्हारे प्रीत भरी
बातों से ही
प्यार के फूल खिल उठे थे
चारों ओर हरियाली ही हरियाली

फिर अचानक ना जाने
कब कैसे धीरे-धीरे
बादलों का पहरा सा हो
गया मौसम पर
सारे नजारे धुँधले से
अदृश्य हो गये
धीरे-धीरे असमां भी
धरती से मिल रो पड़ा
पल में सारा नजारा
बदल गया.....रंग बदल गये

बिल्कुल तुम्हारी तरह .....
जैसे तुम बदल जाया करते हो
पल भर में....
रंग से बेरंग रंगो में.....

आखर कुंज

बिखरे हिस्सों में

आज उस माँ के आँसू भी थम गये
जिसने कल एक सवाल किया था
एक इंच कम होने पर तुम सेना में नहीं लेते
मैं कैसे ले लूँ अपने पूत को टुकड़े बिखरे हिस्सो में......

आज वो बच्चे खिलखिला उठे
जय भारत के नारे लगा उठे
जो कल पिता की अर्थी पर फूट फूट कर रोए थे.....

आज उस बेवा की सूनी कलाई ना जाने कैसे खनक गयी
बिन बाँधे ही पैरों मे उसकी पायल छनक गयी
जय हिंद कह कर जिसने सलाम किया था अपनी जाती 'जान' को.....
नम आँखों से भी वो आज ना जाने कैसे खुल के हँस पड़ी........

आज उस राखी की लाज और रक्षा का वचन निभा दिया
उस बहन की झोली में तूने
सारा कर्ज चुका दिया
वो बहन अब हर राखी पर तुझको राखी बाँधेगी
मंगल टीका लगा ललाट पर
भारत के दुश्मन की गर्दन काटेगी.......

आज हुआ फिर गर्व से ऊँचा देखो अपना शीश है
भारत को भी 'माँ भारती' का
मिलता पूरा आशीष है।

रश्मिलता मिश्रा

पति	:	एम. एल. मिश्रा
जन्म	:	30.06.1957
शिक्षा	:	एम ए, हिंदी
सम्प्रति	:	प्रोफ.शिक्षिका DAV शाला में हिंदी टीचर वर्तमान में रिटायर्ड, के के समाज में उपाध्यक्ष लॉयन्स क्लब G D फाउंडेशन में सी जी की प्रदेश अध्यक्ष, आगमन में सी.जी की प्रदेश अध्यक्ष, मातृभाषा उन्नयन संस्थान में भी प्रदेश अध्यक्ष व यथा शक्ति सक्रिय भूमिका
साहित्य	:	कविता, हाइकू, कहानी, आलेख में रुचि
प्रकाशन	:	दो भजन संग्रह राम रस, नवदुर्गा, रस काव्य संकलन 'मेरी अनुभूतियाँ, साझा संकलनमेरा मत, बज़्म ऐ हिन्द, साहित्य अंकुर, भावांजलि, अलकनंदा साझा संकलन, वतन के रखवाले,
प्रसारण	:	आकाश वाणी बिलासपुर से दो कहानियाँ, 8 भजनों की सीडी स्वरांजलि स्टूडियो रायपुर से।
सम्मान	:	लायन्स क्लब बिलासपुर से काव्य पाठ हेतु, काव्य गौरव, मत प्रेरणा सम्मान, साहित्य गौरव वर्तमान अंकुर सम्मान, अरुणिमा सम्मान, इंडियन बेस्टीज अवार्ड तथा अन्य पटल के सम्मान। समाज सेवा हेतु सहयोग।

नव सृजन

आलस्य की अंगड़ाइयाँ तजकर
दुनिया के झंझटो से लड़कर
कलम हाथ में पकड़कर
कल्पनाओं की दुनिया समेटकर
मन को हमने मना लिया है
और उसे नव सृजन में लगा दिया है
देख पा रही हैं हमारी आँखें
कांटो संग खिले गुलाब को
झोपड़ी में पलने वाले जिंदगी के ख़्वाब को
सूरज की लालिमा की गहराई को
रजनी संग खिलते
सितारों की परछाई को
सुन पा रही है धड़कन
कल-कल का संगीत
हो गयी हमको
सागर की लहरों से प्रीत
भेद-भाव की भीत तोड़कर
एकता के दर तक पहुँचा दिया है
और मन को हमने
नव सृजन में लगा दिया है..

रश्मिलता मिश्रा

चलती रही

पल-पल मुड़ती रही
झुकती रही
थकती रही
माथे का पसीना
आँचल से पोंछ
कर्तव्य पथ की
चुनौतियों को सोच
अपने दायित्वों को समझ
चलें कंटीले पथ
हौसलों के घोड़े
पे होके सवार
सह-सह गमों के
थपेड़ों की मार
रुके बिना, थमे बिना
चलती रही वह
सिर्फ चलती रही

जीवन सरल क्यों नहीं?

जीवन सरल क्यों नहीं?
कठिनाइयों की डगर है
क्योंकि पात्र यहाँ मंचस्थ नहीं
आरूढ़ वह सतत कर्तव्य पथ पर है
समय तीन घंटे का नहीं
पूरे जीवन का है
कब कौन सी राह कहाँ रुके
किसको पता है?

प्रकृति के मौसम चार
तो जिन्दगी में मौसमों
की भरमार है
प्रकृति बाध्य नहीं कि रंग
हमारी पसन्द के हों
हम बाध्य हैं कि रंग औरों
की पसन्द के भी हों
कभी अर्थ, कभी व्यर्थ तो कभी
समर्थ का जंजाल है
कहीं कर्तव्य, कहीं प्यार तो कहीं
अधिकार का सवाल है!
उस पर भी जीवन की सांसे
अनिश्चित
आज चल रही हैं
कल? किसने देखा है मगर
फिर भी न जाने किन ख़्वाबों
का है असर
चाहें सभी सरल बने डगर
किन्तु अनिश्चित का
आकार क्या हो?
नाव कैसे तय करे
नदी की धार क्या हो?
प्रश्न का हक तो उसे भी नहीं
कर्तव्य पठारूढ मानव
ये न पूछ–
जीवन सरल क्यों नहीं?

रश्मिलता मिश्रा

माँ की खातिर

माँ आँचल थाम चले
माँ पर हो कुर्बान चले
चले वीर सपूत ये सारे
बढ़ा तिरंगे की शान चले
किसी ने वादा किया गुड़िया से
कोई गुड्डे को कह आया था
अबकी बारी आया घर तो
चुका सभी फ़रमाइश जाएगा।
बहन के हाथों की मेंहदी
का रंग देखने आऊंगा
उसकी भाभी नाचती कैसे
ढंग देखने आऊंगा
माँ का उदास चेहरा देख
फौजी बेटा बोला था
तेरी भी माँ तकती मुझको
सेवा हेतु मन डोला था
'माँ की सेवा' की ही खातिर
माँ के पूत जवान चले
माँ का आँचल थाम चले
माँ पर हो कुर्बान चले

महफिल का कोना

महफिल के किसी कोने में बैठे हैं
भीड़ में अपने ख्यालों को
पिरोने बैठे हैं
ख़्वाब वो जो फर्ज हैं जिंदगी के
बेटे का एडमिशन
कॉलेज में करवाना है
दो महीने का मकान भाड़ा
भी चुकाना है
रक्षाबंधन पर पहुँचेगी
छोटी बहन, एक ढंग की साड़ी
उसे भी दिलवाना है
कल ही अग्रिम पैसों का
आवेदन ऑफिस में लगाया है
बड़ी मुश्किल से एक सस्ता
प्लाट नजर आया है
कब तक किराये का घर ही चलाना है
अपना निजी मकान भी बनवाना है
तभी तन्द्रा तोड़ कान बज उठे
आओ भाई इधर, वहाँ क्या सोने
बैठे हैं
उसे क्या बताएं? महफिल में भी क्यों?
कोने में बैठे हैं

रश्मिलता मिश्रा

अनदेखी

यह इतिहास की भूल है
या रचनाकारों की अनदेखी
रामायण पर तो बहुत लिखा
किंतु उस विरहणी उर्मिला
की आँखे न देखीं
आरूढ़ थी जो उस रथ
पर दिवसावसान
आएंगे वनमार्ग से लौट
उसके नयनाभिराम
अनकही बेबस टीस जो
मन में समेटे है
अपनी सांसों में ही अपनी
यादों को लपेटे है
न चर्चा न मन का बोझ
हल्का होने का उपचार है
क्या भूल थी? मेरी
क्यों वह इस सजा की हकदार है
कोई तो रंग देता उसके मन की
कोरी भीत
अफसोस जाने क्यों उसके
'त्याग' की अनदेखी।

स्वच्छ भारत

स्वच्छ भारत एक कल्पना नहीं
हकीकत हो हर लिहाज से
संस्कारों में ढल जाए
गर बचपन इसी हिसाब से
छोटी-छोटी बातों को अनदेखा
न करते चले
शालेय पाठ्चक्रमो में रंग गहरे
इसके भरें
यह अभियान महज सरकारी नहीं
नागरिकों की नैतिक जिम्मेदारी है
एक अच्छी आदत पर सतत अमल की बारी है
तो आओ इस अभियान में
जुट जाएँ हम आज से
स्वच्छ भारत एक कल्पना नही
हकीकत है इस लिहाज़ से।

कर्ण से भेद

कर्ण से गर भेद न हुआ होता
महाभारत के इतिहास का रंग
नया होता
पांच पांडवो ने दिखाया खूब कमाल
छठे को भी कुछ अवसर मिला होता
हुआ जब द्रोपदी का अपमान
तो प्रतिज्ञा शायद भीम की
नहीं होती
उससे पहले ही कर्ण ने स्वयं

जंघाएँ तोड़ दी होती
क्योंकि तब तो वरण भी
कर्ण ने ही द्रोपदी का किया होता
मीन की आँखो को फिर
अर्जुन ने ना भेदा होता
न रचा जाता अभिमन्यु के
लिए चक्रव्यूह गर साथ
रहते उनके समूह
न मांगने जाना पड़ता बन याचक
कर्ण के कवच कुण्डल
वो तो स्वयं सुलभ हो जाते
पांडवों हेतु सरल
कभी किसी के हक का दमन
यो नहीं होना चाहिये
कर्ण के उदहारण से सबक लो
दूसरी महाभारत का इंतजाम
नहीं होना चाहिए

चक्रवर्ती की क्रूरता

क्रूरता जन्म जात नही होती
वह पलटी है आस-पास के
माहौल में, परवरिश में
दिखाई देती है समाज में, परिवार में, संसार में
'अशोक' के साथ भी कुछ
ऐसा हुआ था
नादान, मासूम, अबोध बालक
जब ऊँच, नीच, सगे-सौतेले, दास और मालिक के चक्रव्यूह
में फँस गया था
कदम-कदम पर अपमान से
आहत मन तड़प कर रह गया था
जननी का अपमान, उसकी दुर्दशा
सीमाएं पार हो गयीं जब सहन शक्ति की
तो एक वीर चक्रवर्ती के साथ
क्रूरता स्वतः कब जुड़ गयी
वह स्वंय इससे अनजान था
किन्तु अन्तः में दबी मानवता
चंद्रभागा की लालिमा देख
झंकृत हो उठी और लौट
आई अपनी स्वाभाविक अवस्था में
सौंप दिया परिवार सहित स्वंय को
बुद्ध की शरण मे
तज अपनी चक्रवर्ती सम्राट वाली
ओढ़ी क्रूरता।

रश्मिलता मिश्रा

राधे की भक्ति

राधे सी भक्ति क्या और कोई कर सका
रूप जिसका, नाम जिसका मोहन
से मिल चुका
कहने को तो पटरानियां, रानियां एक हजार आठ हैं
मगर सबसे ऊपर राधे रानी
के ठाठ हैं
बरसाने की गोरी कण-कण समाई है
वृन्दावन की गलियों में उससे ही
बहार आई है
सावन के झूले या फगुआ
की बात हो
राधे बिना अधरी धुन हो या राग हो
सभी साँवरे के रंग रंगना चाहते हैं
श्याम रंगे राधे रंग उनमें ही मानते हैं
धन्य है राधे तेरी ये भक्ति
मिसाल न कोई और
जो है तेरी भक्ति की शक्ति।

सोमा सिंह

श्रीमती सोमा सिंह, दिल्ली पब्लिक स्कूल ग़ाज़ियाबाद में रसायन विज्ञान की शिक्षिका होने के साथ-साथ शिक्षण व ज्ञानार्जन तकनीकी की प्रशिक्षक भी हैं। इनके द्वारा लिखे गए निबंध व नाटक राष्ट्रीय स्तर पर पुरस्कृत हुए हैं। इनके द्वारा लिखी प्रेरणादायक कविताएँ गत दो दशकों से पाठकों का मार्ग दर्शन करती रही हैं। इनकी रचनायें मासिक व वार्षिक पत्र-पत्रिकाओं व फ़ेसबुक के माध्यम से पाठकों तक पहुँचती रही हैं। श्रीमती सिंह अपने जीवन को विज्ञान व साहित्य के लिए समर्पित मानती हैं तथा आशा करती हैं कि यह पुस्तक पाठकों को पसन्द आयेगी।

सोमा सिंह

अंधेरे स्थायी नहीं

क्यूँ अंधेरे से डरते हो दोस्त,
अमावस के बाद जब शुक्ल पक्ष आयेगा।
चाँद रोज़ थोड़ा और निखरेगा
और पूनम को खिल के मुस्कायेगा।
वादा कर कि
अंधेरे-उजाले की लुका छुपी से
अब न घबराएगा।
राह अपनी बेधड़क चलता जायेगा...

आतंक का अंत

आतंक का खात्मा, हो जड़ से मेरे परमात्मा।
आज जो गूँज उठी है हुंकार,
हो जाये धारा 370 का भी आर-पार।
बहुत झेला, अब और नहीं,
35 का झमेला और नहीं।
जब एक देश, हो एक परिवेश।
मेरे भारत के जवानों को हे ईश्वर देना अजेय अस्त्र,
करें शत्रु को पस्त और निशस्त्र।
विजयी बने हैं भारत के वीर,
बढ़ते चलें न अब और धीर।

फासले क्यूँ कम नहीं होते

शक के धुधंलके क्यूँ नम नहीं होते,
फासले यूँ ही कम नहीं होते।
तुमसे शिकवा करें भला कैसे,
दूर हमसे रंज़ोगम नहीं होते।
हम बहुत सोचते हैं कि,
प्यार में पहले सी खलिश।
क्या करें ख़्वाब भी अब
तो पूरे नहीं होते।

धर्म

धर्म, भूखे के लिए रोटी, बेसहारे को सहारा।
बच्चों की भूख मिटाकर माँ का तृप्त हो जाना।
धर्म है सैनिक का हो जाना देश पर कुरबान।
धर्म है इंसा का हालात़ो को भूल कर बने रहना इंसान।
धर्म, जीवन का मूल, चरित्र की ढाल।
धर्म पर चलने वाले नित नही बदलते चाल।
मानवता धर्म मेरा, मै ईश्वर की संतान,
अपना धर्म निभाउँ जब तक न निकले जान।

सोमा सिंह

मातृभाषा

जब कोई मातृभाषा में बोले,
वो अपने मन के भीतर की
उस पँख फैलाते तीतर की,
संदेशे लाये कबूतर की,
सच्ची-सच्ची वाणी बोले।
जब कोई मातृभाषा में बोले
मन की गहरी परतें खोले,
वो भेद जिया के यूँ ख़ोले
दिल से दिल की गाँठे खोले,
दिल क्यूँ न उसके संग होले,
जब वो मातृभाषा में बोले।

वोट

वोट जो बन गये खुद, काश जान जाते
कि जिसे खरीद लेते हैं कुछ नोट
कर सकता है भ्रष्टाचार पर बड़ी चोट
बदल सकता है समाज का ताना बाना
और ला सकता है देश में खुशहाली की बयार
आओ आज शिक्षित करें उन्हें जो नहीं जानते
अपना अधिकार

मोहब्बत का वादा

न भुलाया होता गर वो मोहब्बत का वादा
साथ निभाने की सारी कसमें, वफा का वो इरादा।
गर समझती वो दिल की ख्वाहिश
न भुलाती वो मोहब्बत की खलिश,
देख पाती मैं
उसकी आखँ से गिरते आँसू
खुद को तनहा किया मैंने
उसे जाने दिया मैंने

दास्ताँ

कहने को तो हैं बातें ढेर सारी,
बयां करने को ढेरों अफसाने,
सुनाने को सौ दासताने।
पर तुमसे कहूँ भी तो क्या
न तुम समझोगे हमारी खलिश
न हमने पाई पहली सी कशिश
चलो छोड़ो ये सुनना-कहना
बेहतर यही कि चुप रहना
मुझे कुछ भी नहीं कहना।

सोमा सिंह

क्यूँ हो उदास

दोस्त! क्यूँ बैठे हो इस तरह उदास?
क्या ढूँढ रहे हो ?
कोई ख़ुशी चाहिए ख़ास।
आओ जब तक ना पूरी हो
आपकी तलाश।
हम से मिलो,
हम हर पल में छोटी-छोटी
ख़ुशियाँ बाँटते हैं
जीते हैं बिंदास।

कहीं ऐसा न हो

मैंने अपने जीवन में एक विवेकपूर्ण निर्णय लिया
क्यूँकि मेरा कर्म हैं महत्वपूर्ण।
कहीं ऐसा ना हो जाए कि
मुझसे हो जाए कोई भूल।
ना हो ग़लती से कुछ भी ग़लत
यही सोच कर रखती हूँ क़दम फूँक-फूँक।
कोई उठा ना ले मेरे भोले भाले होने का फ़ायदा
क्या पता दे जाए कोई धोखा
नुक़सान उठाना तो नहीं है क़ायदा
मैंने हर बार किसी का विश्वास करने से ख़ुद को रोका।
ज़िंदगी गुज़ार दी लोगों की होशियारी
और इरादों की करने में परख
जाने कितनी बार मैंने दिया उनकी
अच्छाइयों को एक कोने में रख
अब जब आ गई है जीवन की साँझ,

समय है कि मैं लूँ अपनी कर्म लेख में झाँक।
क्या सचमुच जिया मैंने अपना जीवन?
या ईश्वर की दी अमानत का किया नहीं सम्मान।
जिया एक-एक पल असुरक्षा में,
नहीं जान पायी उसकी सर्वशक्तिमान उपस्थिति
गुज़ार दी ज़िंदगी डर-डर कर।

ताजमहल

होगी प्यार की निशानी
ये हसीं ताजमहल,
हमें बस याद आते हैं
वो अंजाने
जिनके क़ाबिल हाथों ने
गढ़ा संगमरमर का ये ताबूत
नवाज़ा जाना था
जिन हाथों को
इनाम-ओ-शबाबों से
क़लम हो गए हाथ
और सर उनके
क्यूँ नहीं लिखा ये किताबों में
मशहूर हुआ कौन?
वो घमंडी शहंशाह
जिए वो ग़रीब
संग मर मर के।

सोमा सिंह

बेवफा ज़िन्दगी

ज़िंदगी जाने क्यूँ
तुझे वफ़ा नहीं आती,
कभी इसकी तो कभी
उसकी हो जाती है
बेहया को हया नहीं आती
तेरी बेवफ़ाई को अक्सर
इस हालत में पाया हमने
लेकर उधार खून-पसीना
ग़रीब का, महल अमीर
का जगमगाया तूने।

पल दो पल जिन्दगी

मैं पल दो पल का शायर हूँ
उलझी सी मेरी कहानी हैं।
इस उलझ पुलझ की बस्ती में
हस्ती को बचाती फिरती हूँ।
ठोकर खाकर के गिर लेती हूँ
गिरते गिरते उठ जाती हूँ
मैं पल दो पल की शायर हूँ
उलझी सी मेरी कहानी है।
कह दो दुनिया से और
करे मेरे सपनों की बर्बादी
कुछ और मिटा मेरी हस्ती
कविता लिखने की आज़ादी
क्या इतराना इस हस्ती पर
हस्ती पल में मिट जानी है।
मैं पल दो पल की शायर हूँ
उलझी सी मेरी कहानी है।

शाहाना परवीन

मेरा नाम श्रीमती शाहाना परवीन है।

मैं एक गृहिणी हूँ और मुझे कविताएँ,

कहानी, गज़ल आदि लिखने और पढ़ने का बहुत शौंक हैं।

मैं लेखन के माध्यम से अपने मन के

विचारों को लोगों तक पहुचाँना चाहती हूँ।

शाहाना परवीन

तुम नहीं आती

तेरी सूरत नज़र नहीं आती,
तेरे आने की खबर नहीं आती,
बिछड़े हो इस कदर हमसे,
अब तो रातों को नींद भी नहीं आती।

खामोश हूँ यह सोचकर कल आओगी,
ऐसी सोच पर मेरी कोई कमी नहीं आती।

क्यो न चीखूँ-चिल्लाऊँ तुम याद बहुत आती हो,
मेरी आवाज़ तुम तक क्यों नहीं जाती।

लोग मुझे देखने दूर-दूर से आते हैं,
सब आए पर तुम ही नहीं आती।

रोज़ मरते हैं इंतज़ार में हम,
मौत सामने है मगर नहीं आती।

इश्क नहीं हमसे इतना ही बता दीजिए,
तुम्हारी खामोशी सही नहीं जाती।

बेरुख़ी इतनी ठीक नहीं ज़ालिमा,
आईने में मेरी शक्ल नज़र नहीं आती।

सुबह से शाम तक चर्चाएँ तुम्हारी करते हैं,
बाते करते वक्त अब शर्म भी नहीं आती।

आ जाओ लौटकर जहाँ गई हो,
अब ज़िंदगी रास नहीं आती।

आखर कुंज

जीवन चलने का नाम

पायल की छुन-छुन मेरा दिल बहलाती है,
दूर कोयल बैठी मीठा गाना गाती है।

संगीत सुनकर मन के तार-तार खिल जाते हैं,
पेड़ो की झुरमुट से गाने की आवाज़ आती है।

नदियों की कल-कल भंग डालती शांति में,
पेड़ो की सांय-सांय यहीं कहीं से आती है।

हृदय में भर गया जोश एक खरगोश देखकर,
फुदक-फुदक कर नाचती हिरणी हमें नाच सिखाती है।

प्रातः काल सूर्य की किरणें करती नया सवेरा,
जीवन है चलने का नाम सीख हमें दे जाती है।।

इंतज़ार

छूकर मेरे मन को तुमने जो इशारा कर दिया,
तन्हाई में घंटी बजाकर मुझे दीवाना कर दिया।

जो बात मैं आज तक कह न पाई तुमसे,
आखों ही आखों में तुमने एक इशारा कर दिया।

इंतज़ार करते थे रातों को जागकर हम,
एक झलक दिखाकर मुझे मस्ताना कर दिया।

आकर गली में एक बार फिर कभी न आये तुम,
ऐसी क्या खता हुई हमसे जो अनजाना कर दिया।
लौट आओ अब तो वक्त काफी गुज़र गया,
क्यों मेरी ज़िंदगी को विराना कर दिया।।

विश्वास

कभी समय वह भी आयेगा,
जिसे अपना कहने को जी चाहेगा।
प्रेम में मेरे कमी रह भी गई अगर,
अटूट विश्वास हासिल उसे कर जायेगा।
काम कोई भी करो कठिनाइयाँ तो आयगीं,
साहस से एक दिन सब सरल हो जायेगा।
मत रोओ न यूँ आसूँ बहाओ,
गम़ का साया भी एक दिन छट जायेगा।
रात के बाद उजाला ज़रूर होता है,
सूरज को तो अंधकार भी नहीं ढक पायेगा।
आज मंज़िल दूर है मानती हूँ मैं भी,
नदी में भटकी किश्ती को किनारा मिल ही जायेगा।

राह खुशी की

जीवन में खुशियाँ मुश्किल से ही आया करती हैं,
आती हैं गर कम ही अपना बनाया करती हैं।

पास रहकर भी लोग दूरी बनाएँ रखते हैं,
अधिकतर खुशियाँ अकेले ही जिया करती हैं।

पकड़ सकते हो पकड़ो इनको दूर न जाने दो,
छोटी-छोटी बातों ही में अक्सर खुशियाँ मिला करती हैं।

जब कोई वृद्ध सड़क पार करता है धीरे-धीरे,

सहारा बन लाठी उसे खुशियाँ दिया करती है।

भूखे को भोजन, शिशु के लिए माँ का आँचल,
जानी पहचानी बातों में खुशियाँ झलका करती है।

सबसे प्यार करो सम्मान करो खुद का भी,
जीवन है बहुत अनमोल
खुशियाँ ही बताया करती हैं।।

परेशान न कर

मेरे दिल भूले हुए को याद न कर
हम पहले ही परेशान हैं
हमें और परेशान न कर।

किस्मत ने हमें मिलाया नहीं
इसमें हमारा क्या कसूर
हम पर रहम कर
हमें और परेशान न कर।

कुछ राज़ की बातें
जो ग़म बनकर नाच रही
आँखो में आसूँ बह रहे हैं
हमें और परेशान न कर।

ज़ालिम हैं दुनिया वाले
दिल लगाया तो खैर नहीं
हमारी कोई ख़ता नहीं

हमें और परेशान न कर।

ज़िदगी में खुशी का नाम नहीं
लोग जीने देते हैं नहीं
न चाहिए खुशी और न ग़म
हमें और परेशान न कर।

बातें करते हैं अपने आप से
किसी से कोई शिकायत नहीं
गिला शिकवा एक तरफ
हमें और परेशान न कर।।

फूल गुलाब का

फूल गुलाब का
खिला है मेरे बगीचे में
हंस रहा है मुझे देखकर
उसकी पँखुड़ियाँ हिली
मानो कुछ कहना चाहती हों
करीब जाकर बैठी उसके
ध्यान से फूल को देखा
मानो कह रहा हो मुझसे
हर परिस्थिति में एक समान रहो
मुझे देखो खुशी, ग़म हर अवसर पर उपस्थित रहता हूँ
मेरे साथ
काँटो का साथ भी है
पर मैं घबराता नहीं
मुस्कुराता रहता हूँ
मैं आँधी तूफान बारिश का सामना करता हूँ

पर डरता नहीं
तुम्हें भी हिम्मत से हर मुसीबत का सामना करना होगा
रात के बाद सवेरा होता है
दुख के बाद सुख अवश्य आता है
यही जीवन का सार है
मेरी तरह हसों, मुसकराओ
सबको अपना बनाओ
यह कहकर फूल फिर से हिलने लगा
मानो नाच रहा हो
मैं उठी और दूर से खड़ी होकर उसे निहारने लगी।।

जीवन का सार

जिंदगी को समझोगे तो उलझकर रह जाओगे
भरपूर जी लो इस पल को वरना पछताओगे।

कल किसने देखा कभी आता ही नहीं है
जो करना है आज करो वरना नहीं कर पाओगे।

सफर है लम्बा मार्ग है कठिन
कठिनाइयों से डरोगे तो जीत नहीं पाओगे।

काम ऐसे करो दुनिया सदा याद रखे
क्या लेकर आए थे क्या साथ ले जाओगे।

प्यार बाँटोगे तो प्यार ही मिलेगा
नफरत के बदले तो नफरत ही पाओगे।

इस पल को जी लो नहीं आयेगा लौटकर
आज अपना खराब करके कल बहुत पछताओगे।।

शाहाना परवीन

प्यार क्या है

प्यार विश्वास है
जीने की ताकत है
हिम्मत है
कभी न खत्म होने वाला अहसास है
ऐसा एहसास जो हृदय को अंदर तक छू जाता है
प्यार खामोशी है
जो दिलों तक सुरों को जागृत कर संगीत की लय जगा जाती है
प्यार धड़कन है
जो माता पिता के जीवन को महकाती है
प्यार वक्त है
ऐसा वक्त जिसकी सभी को प्रतीक्षा रहती है
प्यार सागर है
जो ऊँच-नीच की भावना को अपने अंदर समेटकर उसे नया रूप देता है
प्यार सब कुछ है
बिना इसके संसार की कल्पना करना भी व्यर्थ है।।

गुस्सा

क्यों करते हो इतना गुस्सा
गुस्से से मिलता है क्या
खून जलाते हो अपना ही
इससे तुम्हे मिलेगा क्या

संबध बिगड़ जायेगें
अपने पराये हो जायेगें
अकेले रह जाओगे
सोचो फिर होगा क्या

दूसरो को करोगे तंग
बहुत बुरी बात है
सब मुहँ मोड़ेगें तुमसे
परिणाम बताओ होगा क्या

आईने के सामने खड़े होकर देखो अपने आप को
नियन्त्रण करो गुस्से पर
फिर देखो होगा क्या
खुशियाँ होगी चारों तरफ
सम्मान, प्रेम भी मिलेगा
मंज़िल मिल जायेगी तुम्हे
फिर अच्छा ही अच्छा होगा वाह

अंशु राय

पिता का नाम	:	सच्चिदानंद राय
ग्राम	:	कैथवली
पोस्ट	:	चौरा
थाना	:	नरही
जिला	:	बलिया
राज्य	:	उत्तर प्रदेश
फ़ोन नम्बर	:	7393873556

यादें

ये यादें कितनी अजीब होती है न
न चाहते हुए भी अज़ीज होती है
कभी हँसाती है, कभी रुलाती है
घनघोर घटा बन छा जाती है
दृग से अश्रु धार निकल
अधरों में छिप जाती है
आँसू से भीगें आँचल को
स्मित की धूप सुखाती है
जब यूँ ही बैठे-बैठे मैं
अतीत की पुस्तक को खोली
स्मृति के पन्नों को पलटी
यादों की गलियों में घुमी
तो वसंत की चुनर ओढ़ ली मैं,
टूटी बेड़ियाँ पतझड़ की
कोयलिया राग सुनाने लगी
घुँघरू बाँध अब बौरे भी
थककर अवनि से लिपट गए
मन में आषाढ़ का बादल छाया
रंग बिरंगे दृश्य-पटल पर
फसलें पकने कटने गयी
तो प्रेम का दर्पण खोल ली मैं
करके श्रृंगार उन लम्हों का
पहनी पायलिया पीड़ा की
और यादों की दुल्हन मैं बन बैठी।

अंशु राय

अफ़साना हमारा अधूरा रहा

ये दिल अब तुम्हारा मेरा न रहा
देखा तुमने जबसे वही खो गया
तेरी यादों में रोता पलकों पे सोता
न जाने कहाँ से कहाँ खो गया।
नादाँ-ए-दिल की दास्ताँ सुनाऊँ कैसे?
चुभन क्या कहूँ बताऊँ कैसे?
बेइमानों की बस्ती में हँसती रही
कश्ती डूबी मेरी मैं तड़पती रही
हाल देखा नही न समझा तूने
ख्यालो ने घायल किया है मुझे
आँक सकते तो पीड़ा की सीमा आँको
बेदर्द हाकिम दवा बता दो मुझे।
राधा की बेचैनी को समझा मैंने
दर्द मीरा का देखा और भोगा मैंने
शिला सी पड़ी सती की कथा
नीर वैदेही का भी बहाया मैंने।
जलती रही आग में चुभती शूल सी
दर-ब-दर घूमती ढूँढती तुझको ही
तेरा ताप सह पिघलती मोम सी
नजाने कहाँ खो गयी अब वही।
जो हो न सका उसे अब न सहूँगी
इबादत तेरी मैं करती रहूँगी
अफ़साना हमारा अधूरा रहा
ये दिल अब तुम्हारा मेरा न रहा।

आखर कुंज

गंगा के पास सिमट गयी

हमारी मुहब्बत पलको से उलझी और दिल मे ठहर गयी
जहाँ से शुरू हुई वही गंगा के पास सिमट गयी।
शब्दों से चलकर किताबों में लिपटकर
भावों से निकलकर आँखो में सिमटकर
मेघों से बिछड़कर पत्तों पे अटककर
पेड़ो से टूटकर हवा में उड़कर
डगर से बही और सागर में मिल गयी
जहाँ से शुरू हुई वही गंगा के पास सिमट गयी।
काँपती हुई पानी की बूंदों में
शर्ट के बटन की सुतो में
घण्टे की ध्वनि, आरती की लौ में
तो कभी कविता के छंदों में
चाँद के काले धब्बे पे टिकी और सूरत पे अटक गयी
जहाँ से शुरू हुई वही गंगा के पास सिमट गयी।
घाट-घाट घूमी धुआँ सा उड़ी
हिम सी पिघली झीलों में मिली
कलाई में बंधी सुइयों पे अटकी
साँसे चली फिर दिल मे धड़की
उषा में नीली निशा में काली चंदन से लिपटी और महक गयी
जहाँ से शुरु हुई वही गंगा के पास सिमट गयी।
मुस्कुराहट में छिपी थी
मासूमियत सा खिली थी
शब्दों से मिली थी
दो नजरो में पली बढ़ी थी
ख़ामोशियों से जकड़ी पन्नों पे सोई और कविता बन गयी
जहाँ से शुरू हुई वही गंगा के पास सिमट गयी।

अंशु राय

कैसा रंग डाला रंगरेज

ये कैसा रंग डाला रंगरेज मोपे दूजा रंग न चढ़ पाएँ
स्नेह के रंग में पली बडी प्रीत का रंग न सह पाएँ
मात-पिता की राजदुलारी सतरंगों से खेली है
सातो रंग में ये रंग अनोखा विरह का रंग न सह पाएँ
ये कैसा रंग डाला रंगरेज मोपे दूजा रंग न चढ़ पाएँ।
पीर का नीर बहे अखियों से आत्मचिरइया तड़प रही है
ख्वावों के इस मेले में तेरी ही सुधि में भटक रही है
बचपन के वे खेल खिलौने रिश्तें नाते सब रूठ गए
न जाने छोटी गुड़ियाँ झा-झु करती क्या खेल रही है
टूटन प्रेम की डोर का आघात हृदय न सह पाएँ
ये कैसा रंग डाला रंगरेज मोपे दूजा रंग न चढ़ पाएँ।
बागों में गई कलियों में देखी, भँवरों से जाकर पूछीं हूँ
ताल-तलाब और हँसती नदियां मुँडेर के कौओ से भी पूछीं हूँ
ताप अग्नि की कैसी है जलता ये रोम-रोम मेरा
कोई तो संदेसा पहुँचा दे रंगरेज देख ले हाल मेरा
सातों रंग में ये रंग अनोखा बिछड़न का रंग न सह पाएँ
ये कैसा रंग डाला रंगरेज मोपे दूजा रंग न चढ़ पाएँ।
सखियाँ सारी हँसती मुझपर और ताने भी देती है
मेरी हँसतें अधरों पर तेरी ही सूरत देखी है
आँखो के काले घेरे में नीरद का गहरा पहरा है
उस आँगन में बरसों बदरा रंगरेज का जहाँ बसेरा है
क्योंकि शीतल बूँद तुम्हारी बसंती फूल न सह पाएँ
ये कैसा रंग डाला रंगरेज मोपे दूजा रंग न चढ़ पाएँ।

सूफियाना इश्क़

दिल है मेरा कोरा कागज़ लिखूँ इश्क़ का नाम मैं
साँझ सवेरे तुझे निहारूँ करके सोलह श्रृंगार मैं
झुन-झुन कर उषा निकलती मन के गलियारे से
प्रेम बेल तुलसी बन पूजूं तुझे हृदय के आंगन में।
आये सावन बरसे बदरा झूलूँ पीपल के छाँव में
बाँध घुंघरूवा बन्धन सारे नाचूँ रिश्तों के गाँव मे
तेरी सुधि से विमुख करे जो बाँधू तेज किरण मुट्ठी से
स्नेह हिम का पिघल रहा है इस जीवन के दाव में।
कल-कल करती शब्दों की नदियां रंगीन वक्त के पन्नो से
जाकर मिल जाती है वे भावो के भवसागर से
बाट निहारे पलकों की देहरी पर बैठे सपने तेरे आने का
संकुचित आत्म आकाश हो रहा तपन न मिट पाने से।
किस उपवन में भटक रहे हो सौरभ के संसार मे
सुरभि मेरी गिरवी प्यारे है भंवरो के जंजाल में
रात-दिवस की चकिया में पिसू प्रेम का आटा रे
मोती पांव पखारे तुम्हारे छूटे न सांसो की नाव में।
होकर प्रेम में बेसुध विरहिणी पुकारे पिव का नाम रे
पिव-पिव करती आत्मचिरइया तड़प न समझे राम रे
निर्झर बहती झर-झर अंखिया फ़ना मिलन के आस में
अब न दूर रह पाऊँ साँवरिया सूफियाना इश्क़ का नाम रे।

अंशु राय

बाँधूं वक्त को

स्वप्न से पहले आई बहारें
पल-पल हर पल देखू तारे
मन तिनके सा उड़ चला है
कटती नही अब ये काली राते,
है डसने को ताप विरह का
फिर भी भाया आस मिलन का
तुम हो मुझसे इतने दूर
देखू दर्पण छाया नूर
रंग में रंग तेरे खुद को
न मानू मैं हूर किसी को
अब मिलने की बात है आई
सूरज ने सौगात है लाई
लालिमा उसकी इन गालो पर
किरणों सा तेज मैं पाई।
साज श्रृंगार में उलझ गयी मैं
उनसे मिलने निकल गयी मैं
थोड़ी घबराहट थोड़ी बेचैनी
मिलकर क्या बात करूं मैं
वो थे सामने मेरे ऐसे
दिखे गगन में चांद जैसे
कर लेती थी साहस नजरें
जुटा न पाई हिम्मत अधरें
तेज हवा सी चलती धड़कन
साँसे चलती बजता सरगम
पहली बार ये हाल हुआ है
मिलती नजरें होता कम्पन
काश खूंटे से बाँधु वक्त को
फिर जी भर देखु तुझको
साँसे धड़कन सब थम जाए
दो नजरें ऐसे टिक जाएँ

स्वर्ग धरा पर दुल्हन बनकर उतरी है

ओढ़ वासन्ती चुनर वसुधा साज श्रृंगार कर बैठी है
हरी चूड़िया हाथों में माथे पर पीली बिंदिया है
फूलों की सजी पालकी पर सुषमा की छतरी है
ऐसा लगता स्वर्ग धरा पर दुल्हन बनकर उतरी है।
सजे महावर फटी एड़ियो में शोभा दिखलाते है
ओस से गीले केशों को गुनगुनी धूप सहलाती है
सूरत देख अंबर में वसुधा खूब इठलाती है
जगह-जगह खुशियों की ऋतु रौनक लाई है।
घु-घु कर भौंरे मंडराते फूलों की फुलवारी में
मचल-मचल तितली है घूमती खेतों की हरियाली में
बंधन तोड़ नाचते पत्ते मदमस्त हवा के आंचल में
कांति देख धरा की सब बिछ जाते आँगन में।
फूल खिले बेलो में नये, सिर ताज आम का भाया है
कु-कु करती कोयल गाती विहंग टोली में झूमे है
बागों में झूले लग गये नशा प्रेम का छाया है
जन-जन में उत्साह भरा अवनि का रंग निराला है।
फाग-फवारी, राग-रागिनी मिलन का गान सुनाते है
ढ़ोल मंजीरा के तालो पे मानुष झूमकर नाचे हैं
रंग बिरंगे रंगों से नर-नारी स्वागत वसुधा करते है
ऐसा लगता सौन्दर्य का अद्‌भुत यज्ञ अनंग कराए है।

अंशु राय

मैं तब याद आऊंगी तुम्हें

मैं तब याद आऊंगी तुम्हे,
जब आसमान भूरे रंग की चुनर ओढ़
नथ बिजली की पहन रोएगा
गरजेगा, चीखेगा, चिल्लायेगा
दम्भ छोड़ धरती से लिपट जाएगा
फैलेगा अमन, मिटेगा तपन, होगा सृजन।
मैं तब याद आऊंगी तुम्हें,
जब घूमेगी चक्की काले, सफेद पाटो की
कराएगी हस्ताक्षर उन्मत्त हवा होने का
मंडराएगी तितलियाँ, घूमेंगे भौरें, डालेंगे डेरा
जताएँगे हक अपना गुलिस्तां के हर गुल पर
कटीले, पथरीले, खुनिले डगर से सागर
छोड़ अँगना बाबुल का जब मिलेगी सरिता।
मैं तब याद आऊंगी तुम्हें,
जब शाश्वत, सनातन, अनुकरणीय, अद्वितीय
पाक गीता, कुरान, बाइबिल, साहिब समझा जाएगा
क्षेत्र हो रण का या हो धर्म का कर्म में
घर-घर मानस को पूजा जाएगा
भूल कर अपनी सच्चाई जब गाएगा तब
उपजेगा अंकुर, कटेगा फिर वो राम ही सत्य है ये माना जाएगा।
मैं तब याद आऊंगी तुम्हें।
जब रंग में रंगकर तान सुन राग की छिड़ी रागिनी
रात मदहोश चाँद पूनम का पीयूष बरसाने लगा।
मैं तब याद आऊंगी तुम्हें।

तुम सावन बन आए हो

मैने तुम्हे पुकारा तुम सावन बन आए हो
हृदय की बेचैनी पर बादल सा छाए हो
पलकों के ड़ालो पर अब तो झूले पड़ गए
झर-झर अखियों के मोती से खूब नहाए हो।
ढाई अक्षर प्रेम का गीत वही सुनाती हूँ
साक्षी जिसकी रही सहेलियाँ मैं बैठी शरमाती हूँ
टांग आई अलगनियों पे समय के बढ़ते कदमों को
पुतलियों से ओझल न होना सोच बड़ा घबराती हूँ।
बिस्तर मन के आँगन में तेरे लिए लगाई मैं
धीरे-धीरे चलना हवा सांसो की अंगड़ाई में
पानी सी हिलती है अधरें गुपचुप सी संवाद में
भानु बाधा न डाले पहरेदार चंदा को लाई मैं।
अनुभूति के दरवाजे का साँकल मैं लगाई हूँ
जिसमे प्रेम का चटकीला चादर मैं बिछाई हूँ
जीवन के हर रंगों में तुम्ही बस दिखते हो
नजरों की दुनियाँ में सूरत तेरी सजाई हूँ।
झूम-झूम मन की कोयलिया गुनगुनाई है
थिरक-थिरक कदमों की पायलिया सोर मचाई है
खन-खन सी बजती है चूड़िया सजना तेरे आने से
गालो पर पड़ती है लाली लगता देख शरमाई है।
पतझड के इस मौसम में हरियाली बन आए हो
मैंने तुम्हें पुकारा तुम सावन बन आए हो।

अंशु राय

हर रोज मिलती रहूँगी

मैं तुझसे हर रोज मिलती रहूँगी
तेरी कल्पनाओं में आती जाती रहूँगी
मुस्कुराती हुई तुम्हारी बातों को सुन
ख़ामोश मुहब्बत मैं करती रहूँगी।
मिलेंगे कब, कहाँ, कैसे? बता न पाऊँ मैं
शायद तन्हाई में आकर गुदगुदाऊँगी मैं
ढूँढोगें पुरानी तस्वीरों में यूँ ही
वादा क्या करूँ महफ़िल में भी आकर सताउंगी मैं।
निःशब्द रात की गोद मे बैठ तुम
छलिया चाँद में जब ढूँढोगें तुम
इठलाती हुई बदली में छिपूंगी
फिर मदहोश हवा से पूछोगे तुम।
कलाई की घड़ियों में देखोगे मुझको
सांसो की सरगम में सुनोगे मुझको
भौरों सा कहा भटकोगे तुम
दिल की मध्यम चाल समझना वही कही पाओगे मुझको।
किताब के पन्नो में बिछी हुई किसी शब्द में मिलूँगी
चश्मे पे बैठी हुई धूल में मिलूँगी
सवर के निकलूंगी अपने शब्दों में ढूढ़ना
या यूँ कहूँ तो पानी की बूंद सी तेरे तन पर मिलूँगी।
जलते हुए दीपक में तड़पती पतंग सी मिलूँगी मैं
बिना छप्पर कड़कती ठंड में बालक सी मिलूँगी मैं
बहते हुए आँसू के छाए में छुपी हुई, वही दूढ़ना
टूटे हुए दिल की तड़प में मिलूँगी मैं।
और क्या कहूँ तेरी यादों के गलियारे में झूमती रहूँगी
मैं तुझसे हर रोज मिलती रहूँगी।

प्रीति शर्मा 'असीम'

जन्म स्थान	:	सुंदरनगर (जिला मण्डी हि.प्र.)
पिता का नाम	:	श्री प्रेम शर्मा
माता का नाम	:	श्रीमती शुभ शर्मा
पति का नाम	:	श्री असीम शर्मा
शिक्षा	:	एम.ए. (अर्थशास्त्र, हिन्दी), बी.एड.।
वर्तमान निवास	:	नालागढ़ (जिला सोलन हि.प्र.)
व्यवसाय	:	गृहिणी
अनुभव	:	समाचार पत्रों में कविताओं का प्रकाशन।
ईमेल	:	aditichinu80@gmail.com

प्रीति शर्मा 'असीम'

कोई बात नहीं

जिन्दगी के सवालों पे
फिर से छिड़ी है बहस नई,

कैसे कह दूँ कि कोई
बात नहीं बात नहीं।

हर शख़्स अपनी लड़ाई में
मशगूल है कुछ इस तरह,

अब हर किसी की बात की,
कुछ कीमत तो होती।

बस दिल को जो सकून दे
ऐसी कोई बात नहीं होती।

इस टीस की सचमुच
कोई आवाज़ नहीं होती।

कैसे कह दूँ कि कोई
बात नहीं बात नहीं!

आँखें

बहुत कुछ देखती हैं-आँखें

कभी कुछ कहती,
कभी ख़ामोश हैं-आँखें

कभी मुस्कराती,
कभी परेशान-सी-आँखें

बड़ी ही खूबसूरत होती हैं,
किसी के प्यार में-आँखें
रब को देख लेती हैं।
सच्चे प्यार की-आँखें

जिंदगी संवार देती हैं।
ऐसी है, मां-बाप की-आँखें।
तुम्हें काबिल बनाती हैं।
वो है मां-बाप की-आँखें।

साथ हंसती है, गाती है।
तुम्हें जो हिम्मत दे जाती है।
लड़ाई हंस-हंस के करती है।
वो रूठी सी, मान जाने वाली।
है भाई-बहन की-आँखें

एक विश्वास से भरी।
जब होंगे अकेले,
हमारे साथ होगी खड़ी।
दोस्ती के अहसास की-आँखें।

किसी के इंतजार में,

प्रीति शर्मा 'असीम'

एक उम्र से जागा
वो इंतजार की-आँखें

अपनों की खुशी के लिए,
सब सहती वो खामोश सी-आँखें

जिंदगी की गहराईयों को छूती।
एक कहानी सी वो-आँखें

सब का भला हो।
शांति से देश का गुलशन सजा हो।
एकता का सपना सजाती जो वो-आँखें।

नफ़रतें फैलाती, खून बहाती
कुछ ऐसी भी है-आँखें

अपने फर्जो को जो न निभाती।
रिश्तों को कलंकित करती।
ऐसी कुछ बेशर्म सी-आँखें

अपनी हैवानियत से बाज न आती।
कुछ ऐसी-आँखें
मासूम बच्चों,
बे गुनाह जानवरों पे भी
तरस न खाती ऐसी भी है कुछ-आँखें

कदरों-कीमतों को लजाती।
वो-आँखें
इंसान का मजाक बताती।
वो-आँखें

सबको अपना बनाती,

दर्द सुनती और फिर राह दिखाती।
वो फरिश्ते-सी आँखें।

सारी दुनिया को, सुंदर कहती।
सपनों-सी सुंदर-आँखें

रब को तलाशती,
साकार से निराकार वो-आँखें

कितना सुंदर होगा।
जिसने दुनियां की बनाई-दो आँखें

जब मैं पाऊंगा।
उस सत्य को,
अहसास से भर ही जाऊंगा।

कितनी सुंदर बनाई दुनिया तूने।
मैं इन आँखों के,
मोती ही चढ़ा पाऊंगा।

इसलिए ..... मैंने नौकरी छोड़ दी।

अपने आत्मसम्मान से,
समझौता नहीं किया।

अपने किरदार को,
अपनी ही नजरों में,
गिरने नही दिया।

झूठ की जमीन पर,

आँखों में धूल झोंक कर।
सच को झूठ,
और झूठ को सच नही किया।

इतना कमजोर नही कि
अपनी गलती मान न सकूँ।
हर बार मैं गलत हूँ।
मैंने अपने साथ,
गलत फैसला नहीं किया।

पैसों से जो गुलाम,
जो खरीदते होंगे।
खरीद ले।

मैंने अपने किरदार को,
गुलाम नही किया।।

एक रस हो जाता हूँ।

जीवन से सांसों की डोरी को,
जब बंधा पाता हूँ।
दोनों के बंधन में एक रस हो जाता हूँ।

धरती-आकाश में,
समन्दर-पाताल में,
दूर और पास के,
अंतर से,
परे हो जाता हूँ।
एक रस हो जाता हूँ।

आंखों के दिये जब,
प्रेम की लौ लेकर।
हृदय तक,
असीम प्रकाश जब कर जाता है।

मैं.......?
तू........?
तू.......!
मैं........!!

का पारावार हटा,
एक रस हो जाता है।
एक रस हो जाता है।

इसी का नाम है नारी?

अपने-आप में,
एक सम्पूर्ण कहानी।
इसी का नाम है नारी।।

जीवन की संवेदना,
मर्म की मूक निशानी।
भाव-मय,
ममता-मूरत,
समर्पित जीवन की रवानी।।

इसी का नाम है नारी।

कितने रूपों में,

समा जाती।
जीवन को,
स्वर्णिम कर जाती।
घर की परिकल्पना,
तुम्हीं पर धरी जाती।
पूजित हर पल,
हर कहीं जाती।

सृष्टि को सृजित कर जाती।
कुछ शब्दों में,
कैसे तोलूं,
नपे-तुले शब्दों में,
कैसे बोलूं।

सिर्फ एक दिन तेरे नाम करूँ।
क्यों.......?
ईश्वर का गुनाहगार बनूँ।

तुम तो,
हर शब्द में,
हर दिन में,
हर-पल में समाती हो।

जीवन की,
परिपाटी।
अनुपम कल्पना।

इसी का नाम है नारी।
इसी का नाम है नारी।।

सम्पूर्ण विकास

समाज के सम्पूर्ण विकास को,
तभी सशक्त कर पायेंगे।
जब हम सम्पूर्ण विकास को,
सम्पूर्णता से अपनायेंगे।।

समाज के सम्पूर्ण विकास को,
तभी सच कर पायेंगे।

ज्ञान की ज्योति जला के।
ज्ञान का प्रकाश,
जन-जन तक पहुंचायें।

जीवन के सोपानों को,
सिद्ध कर जायें।

कोई न रहे,
वंचित शिक्षा के स्तर पर।
यह प्रण उठायें।
जन-जन की मानसिकता को,
ज्ञान-विज्ञान का सार दे जायें।

तभी हम संस्कृतिक,
विकास सिद्ध कर पायेंगे।

भारत देश धरोहर अपनी,
विश्व विख्यात बनायेंगे।

योग अपनाके,
शारिरिक क्षमता को,
सबल बनायेंगें।

प्रीति शर्मा 'असीम'

आयुर्वेद को अपनाके,
रोग मुक्त भारत बनायेंगें।

समाज के विकास को,
राह दें के
अध्यात्म तक ले जायेगें।

मानव जीवन का,
जन्म हुआ।
जिस उद्देश्य हेतु।
उस उद्देश्य को,
सशक्त बनायेंगें।।

समाज के सम्पूर्ण,
विकास को
सिद्धहस्त बनायेंगें।।

श्रीमती वर्षा ठाकुर

पति का नाम	:	श्री ओमप्रकाश सिंह ठाकुर
पिता का नाम	:	स्व. ठाकुर चूड़ामणि सिंह परमार
माता का नाम	:	स्व. श्रीमती गुलाब बाई परमार
जन्म	:	22.04.1964, रायपुर, छत्तीसगढ़
शिक्षा	:	एम.ए. (भूगोल), बी.एड.
पूर्व में प्रकाशित पुस्तक	:	पाठ्य पुस्तक-कक्षा 11 वीं एवं 12 वीं भूगोल, युगबोध प्रकाशन, रायपुर (छ.ग.) से प्रकाशित। एस.सी.ई.आर.टी. रायपुर (छ. ग.) से प्रकाशित सामाजिक विज्ञान कक्षा 9वीं, लेखन में सहभागिता, लेखक समूह में शामिल।
साझा लघुकथा संग्रह	:	क्षितिज शब्दों का आसमा।
साझा काव्य संग्रह	:	नारी एक आवाज़। सत्यम प्रकाशन
ई मेल आई डी	:	thakurvarsha1964@gmail.com
शैक्षणिक अनुभव	:	31 वर्ष से ग्रामीण अंचल एवं श्रमिक बाहुल्य क्षेत्र में अध्यापन कार्य ।
सेवा	:	शासकीय सेवा वर्तमान में शासकीय उच्च माध्यमिक विद्यालय, जुनवानी, भिलाई, (छत्तीसगढ़) में प्राचार्य पद पर कार्यरत

श्रीमती वर्षा ठाकुर

मिट्टी की खुशबू

बारिश की पहली बून्द,
गिरि तप्त धरा पर,
बन मोती, चहकी मिट्टी पर,
जल बूंदन का स्पर्श पा,
महक उठी सूखी मिट्टी,
उसकी सोंधी खुशबू से,
गहरी नींद से जाग उठा,
नन्हा सुप्त बीज,
ली उसने अंगड़ाई,
फेंक मिट्टी की चादर,
खोल आँख, बाहर झाँका,
बन एक नन्हा कोपल,
धरती की गोद सजाया,
कोयल, पपीहा, बुलबुल ने
खूब सोहर गीत गाया,
हरी-भरी धरती देख,
सबका मन हर्षाया ।

गर्मी तेरी हो गयी छुट्टी

मौसम ने ली अंगड़ाई,
चली तेज पवन पुरवइया भाई,
महोदधि से जल भर लायी
आसमां पर काली बदरिया छायी,
बादल गरजे, बिजली चमकी,
जमकर बरसी बरखा रानी,
माँ की बात सुन, करी अनसुनी,
मुनिया घर के बाहर दौड़ लगायी,

आखर कुंज

चेहरे पर मोहिनी मुस्कान छाई,
बरखा के संग खूब नहाई, खूब नहाई,
जोर जोर से गाते जाती,
गर्मी तेरी हो गयी छुट्टी
चलो सखी बरखा के संग
करें अब हम मस्ती ।

फूटाघड़ा

जन बढ़े,
पेड़ कटे,
जंगल घटे,
वारि घटी,

तपन बढ़ी,
प्यास बढ़ी,
जल का
दोहन बढ़ा।

सूखे नाले,
सूखी नदी,
सूखी धरा,
आँसू भरा।

प्यासे पशु,
प्यासी पक्षी,
बिन वारि,
प्यासा मन।

खोजते जल,

श्रीमती वर्षा ठाकुर

पहुँचे नल,
खाली सागर,
खाली गागर।

भीषण गर्मी,
खाली कुँआ,

रीता भाँगर,
फूटा घड़ा।

नदी

नदी जब जन्म लेती है,
पतली धार बनकर,
निर्मल नीर (पानी) बहाती है।
ज्यों ज्यों यौवन की ओर,
कदम बढ़ाती है,
खूब शोर मचाती,
इठलाती-बलखाती,
तोड़ फोड़ करती जाती है।
सबको आँख दिखाती,
पर्वत को भी बिजराती है।
रास्ते में जो भी आता,
उसका मटिया मेट कर देती,
साथ ही उसे अपना हथियार बना लेती।
अडिग कठोर चटटानो को,
तोड़ तोड़ कर,
सुन्दर गहरी घाटी,
झरने और प्रपात बनाती है ।
जैसे जैसे यौवन ढलता (प्रौढा अवस्था)

शांत होती चली जाती है।
कठोर मार्ग को छोड़कर,
कोमल राह अपनाती।
अपने साथ बहाकर, जकड़कर,
लाए हुए अवसादों (जलोढ़क) को,
आज़ादी देते जाती है।
आज़ाद होकर भी
अवसाद रिश्ते खूब निभाते है।
आपस में मिल मिल कर,

सुन्दर उपजाऊ मैदान,
द्वीप, झील और तटबंध बनाते है।
अंत काल जब आता, क्षीणकाय हो जाती,
तब नदी खूब विशाल हृदय वाली हो जाती।
अपने पराये का भेद भुलाकर,
सबको खूब गले लगाती।
सबको संग लेकर
महासागर में मिल जाती।
खुद मोक्ष पाती,
संग सबको मोक्ष दिलाती है।

श्रीमती वर्षा ठाकुर

अनाम फूल

जंगल की शोभा में,
चार-चाँद लगाते,
रंग-बिरंगे ये अनाम फूल।
सबके मन को भाते, सबको लुभाते,
फिर भी कोई नाम,
न पाते, ये अनाम फूल ।
लाल, हरा, नीला, पीला,
सफेद, गुलाबी, नारंगी, बैंगनी
अनगिनत रंगों की
इन्द्रधनुषी छटा बिखेरते ये अनाम फूल।
एक पंखुड़ी, दो पंखुड़ी, तीन, चार पाँच, दस,
सहस्त्र पंखुड़ी युक्त ये अनाम फूल
गोल, त्रिकोण, चौकोर, षट्कोण, आयत बनकर,
गणित का पाठ पढ़ाते, ये अनाम फूल।
इनको जरूरत नहीं किसी माली की,
अपनी देखभाल स्वयं करते,
अपना खाना स्वयं जुटाते,
सबको आत्मनिर्भरता का
पाठ पढ़ाते ये अनाम फूल।
स्वयं जीवन पाते आगे बढ़ते,
औरों का भी सहारा बन जाते हैं।
वक्त पड़े बड़े-बड़े दरख्तों से
हाथ मिलाते ये अनाम फूल।
तितली देख इन्हें खुश होती,
भौरें इन पर मंडराते है,
खुशी-खुशी हँसकर,
काँटों को भी, ये गले लगाते हैं ।

घनघोर निर्जन जंगल में
निर्भीक, निर्भय जीवन जीते,

हँसते, मुस्कुराते, खुशियाँ
बिखेरते, इठलाते, बलखाते,
लहलहाते, कोमलता का एहसास कराते,
मदमस्त सुगन्ध बिखेरते, ये अनाम फूल,
फिर भी कोई नाम न पाते, ये अनाम फूल ।

धर्म निभा रहा हूँ

मैं विशालकाय वृक्ष,
जीवन की अंतिम सांस ले,
ठूँठ बन गया हूँ, फिर भी
मेरा निष्प्राण शरीर अपना धर्म निभा रहा है,
जरूरत मन्द नन्हे पौधों का आश्रय स्थल हूँ,
हड्डीविहीन बेले मेरे सहारे,
आसमान को छूने की कोशिश कर रही हैं ।
कभी पंछी का घोसला बन जाता हूँ ।
कभी मेज बन थके पथिक को आराम पहुँचाता हूँ।
पालना बन नवजात शिशु को झूला झुलाता हूँ ।
नव यौवना का सेज बन जाता हूँ ।
मृत शरीर को, जलकर मोक्ष दिलाता हूँ ।
लकड़ी बनकर गरीब के चूल्हे को जलाता हूँ ।
ईंधन के काम आता हूँ,
मेरी क्षीणकाया जलकर कोयला बन जाता है,
कोयला जलकर राख बन जाता,
फिर भी इंसान के काम आता है ।
मैं विशालकाय वृक्ष,
ठूँठ बनकर भी अपना धर्म निभा रहा हूँ।

श्रीमती वर्षा ठाकुर

जीवन का मर्म

कुछ पुष्प खिले, जब भोर हुई ।
जब साँझ हुई तो ढ़लते देखा ।
जन्म-मरण की बेला में,
जीवन को इठलाते बलखाते देखा ।
जब भोर हुई तो सूरज की लाली छायी,
भौरों के गुंजन से बगिया गुंजित हुई,
जब पुष्प खिले मन्द पवन के झोंको से,
खुशबू बिखरी चिड़िया चहचहाई,
जीवन मरण के मर्म को जिसने जाना,
दुख-सुख को माना एक समाना ।
जब साँझ हुई चाँद की शीतलता आयी,
जो जन्म लिया है उसे,
एक दिन मिट्टी में मिल जाना है,
फिर क्यों करता तू अभिमाना ।

मज़दूर

मैं मेहनतकश मज़दूर हूँ,
मजबूत हूँ, मगरूर नहीं।

मेरी भुजाओं में वो बल है
जो दुर्गम को सुगम बना दे।

पहाड़ तोड़ मैदान बना दे,
उफनती नदी का धार मोड़ दे।

महल अटारी बनाता हूँ,
झोपड़ी में रहता हूँ।

प्रेम से रूखा-सूखा खा,
सुख-चैन की नींद सोता हूँ ।

कल की चिंता छोड़,
आज पर जीता हूँ ।

मैं मेहनतकश मज़दूर हूँ,
मजबूत हूँ, मगरूर नहीं ।

तनूजा दत्ता

शिक्षा-स्नातक

साहित्य पढ़ने में रुचि है, अच्छे अच्छे रचनाकारों को पढ़ना अच्छा लगता है।

इसी दौरान मैंने लिखना शुरू किया।

अब फेसबुक पर ही गज़ल, कविता लिखती हूँ।

आँचल में मधुमास

मुझे एक मिलन की आस सखि
तन में, मन में, मेरे नैनन में
चहुँ ओर पिया का वास सखि

मेरे तन का चंदन बोल रहा
मौसम बसंत रस घोल रहा
लो मस्त पवन भी ले आई
आँचल में एक मधुमास सखि

अधरों पर गीत सजन का है
पलकों में बंद स्वपन सा है
हौले हौले मनुवा बोले
निकले न तन से प्राण सखि
मुझे एक मिलन की आस सखि।।

तुम आना एक बार

सुनों..!!
मुँह फेर के जा रहे हो....
जानें का सबब तो बताते....
ये जो कदमों के निशां....
छोड़ के जा रहे हो....
इन्हे भी मिटाते हुए जाते....

वैसे..!!
निभाने की तो....
तुम्हारी नीयत ही कब थी....

तनूजा दत्ता

नाहक सजा दी तुमने....
ऐसी तो मेरी खता भी ना थी....

तुम्हें..!!
मुझे पलटकर....
देखने की भी फुर्सत नही थी....
इतने तो मशरूफ ना थे....
एक बार भी ना मुड़े तुम....

राहें..!!
जुदा हुई थी जहाँ....
मैं आज भी उसी मोड़ पर....
आँखो में इंतजार लिए खड़ी हूँ....
गर आ सको तो आना एक बार....

यहीं..!!
करूंगी इंतजार मैं....
यहीं खड़ी मिलूंगी....
हाँ ठीक उसी जगह पे....
जहाँछोड़े जा रहे हो....
हो सके तो आना एक बार.......
हाँ हो सके तो आना एक बार..........

एक शाम तुम संग... तुम्हारे बिन

सुनो....!!
चलो.....
फिर से एक शाम साथ
गुजारते हैं।
साथ-साथ
एक मुद्दत हुई, तुमने कुछ
कहा नहीं।
जैसे जमाने गुजरे, हमने
कुछ सुना नहीं।
वक्त की रेत धीरे धीरे सरकती
जा रही है।
जिंदगी भी रेत सी है, हाथों से
फिसलती जा रही है।
कभी था हौसला
रेत को मुट्ठी में रोकने का
वक्त के परिंदे को पकड़ने का...
मगर तब...
जब मेरे हाथ में तुम्हारा हाथ था
हर मुश्किल आसान लगती थी
जब तुम्हारा साथ था...
सुनो न...
गर मिले वक्त तो..
एक बार मिलना चाहती हूं
फिर से गुलाब की तरह खिलना चाहती हूं...
सालों से रेत के सीने पर उंगलियों से
लिखती रही हूं तुम्हारा नाम...
अब नहीं...
अब और इंतजार नहीं
इससे पहले कि आंखों का इंतज़ार थक जाए
जुबां भी मौन हो जाए...

तनूजा दत्ता

जीना चाहती हूं तुम संग
एक अदद रेतीली शाम...

आश्विन के शारदीय प्रभात में
जा चुके पावस की मेघमालाएं।
प्रकृति के अंतराकाश में जाग उठी
देवी के आगमन की कथाएँ।।
तब खिले फूल हरसिंगार के!!

हौले से उतरे शाखों से
नीरव, निशा के प्रांगण में।
बिछे धरा पर धवल केसरी
महकी वसुधा आंगन में।।
पुष्प नशीले शेफाली के!!

नयन खोलते अंधकार में
नन्हीं सी केसरिया डंडी।
पांच पंखुड़ी, धवल वर्णीय
फैला रही खुश्बू मदमाती।।
फिजा महकाते, कुसुम शिऊली के!!

पहली किरण ने छुआ भर था
चूमें, दूब के गीले छोर।
शापित पुष्प, व्यथित है रहती
गीली होतीं आंखों की कोर।।
निराले ये पुष्प पारिजात के !!

कविता (तुकांत)

सियासी महकमों की दौड़ में न आना।
आज हैं ये तुम्हारे, कल हैं बेगाना।।

जनता को लुभावने वादे से लूटना।
आदत इनका है ये पुराना।।

चाहतों के इन एहसासों में।
चराग-ए-मोहब्बत है जलाना।।

नारी की अस्मिता को एक दिन।
हम सबको मिल कर है बचाना।।

किसानों की अनदेखी की अगर।
तरसना है एक दिन दाना-दाना।।

सरजमीं पर मिटने वालों को।
कहे जमाना उसको दीवाना।।

मुझको है यकीं यहीं कहीं हो तुम।
एहसासों में हर पल है परवाना।।

तनूजा दत्ता

आसमान की छटा

व्योम से तम का पहरा हटा,
अरुणोदय की रक्तिम आभा,
से देखो नभसजा।
खग, कुंजों की चहचहाहट
भरे नव संचार मानव हिय में।
मंद मंद मुस्काती सर्द पवन
सरसराती बहती पत्तों मे।
झुलसती तपती धरती में, बारिश की बूंदें,
हरियाली तृण की प्यास हैं बुझाते।
खग, वृंद दिन भर नभ की सैर करते
जब नारंगी सांझ है उतरती,
सभी अपने घर को लौटते।
लिए शीतलता निशा आई,
तारों की झिलमिल, बारात लिए।
केसरिया चांदनी की सौंदर्य सजे
चांद की अनुपम देख छटा।
आज आसमान भी शरमा रहा

नरहरि सिंह चौहान 'राज'

निवास	:	साया जेनिथ अपार्टमेंट, इन्द्रापुरम, गाजियाबाद।
शिक्षा	:	बी.ए.
पद	:	सेवानिवृत्त पुलिस उपाधीक्षक, (एक्स विजीलेन्स ऑफीसर-मुथुट फाइनेंस/ए.वी.पी, एड्यूकाम साल्यूशन्स प्रा.लि.)
साहित्य	:	विभागीय पत्रिका में निरंतर कविताओं का प्रकाशन हुआ है। दो साझा काव्य संग्रह 'शब्द-शब्द कस्तूरी' व 'नारी' प्रकाशित हो चुके हैं। विभागीय कार्यक्रमों में मंच संचालन व एंकर के दायित्वों का निर्वहन करता रहा हूँ। भारत सरकार से सराहनीय सेवाओं के लिए पुलिस पदक, उत्कृष्ट सेवाओं के लिए राष्ट्रपति का पदक, कठिन सेवा पदक, उ.प्र. सरकार से उत्कृष्ट सेवा सम्मान चिन्ह व सराहनीय सेवा सम्मान चिन्ह, पुलिस विभाग की सेवा में प्राप्त हुए हैं।

वर्तमान में गरीब बच्चों के लिए चलाये जा रहे श्री बालाजी विद्या मंदिर स्कूल, शक्ति खंड, इन्द्रापुरम, गाजियाबाद की समिति से सदस्य के रूप में जुड़ा हुआ हूँ।

नरहरि सिंह चौहान 'राज'

'बिखराव'

जब भी मैं निकलता हूँ
इस दुनिया की खूबसूरती
देखने को मुझे क्यूँ लगता
है यहाँ सब कुछ है बहुत
उलझा हुआ, नकली चेहरों
वाला, धोखे व नफ़रत से भरा...क्रूर?

इंसानी चेहरों पे क्यूँ दिखता है
हमेशा एक अजीब तनाव सा,
सम्बन्धों मैं बिखराव सा,
एक दूसरे को पीछे छोड़ कर
आगे निकलने की जल्दी।
इस भागमभाग की जिंदगी में
कोई पीछे देखना ही नहीं चाहता।

मुझे ऐसा क्यूँ लगता है, यहाँ
एक बचपन ही है जिसमें
नजर आती है हंसी, खुशी,
प्यार, खिलखिलाहट, शरारत,
अपनापन और जीवन...।

मन जब बहुत अशांत होता है
तो मुझे भाता है किसी बाग
के पेड़ की छांव तले जा कर
बैठना और प्रकृति से बातें करना,
फूलों से महकना.. पक्षियों की बातें
सुनना.. गिलहरियों का फुदकना।

बच्चों को आम के पेड़ पर चढ़
लपो डंडा खेलते हुए देखना..

फिर अपने बचपन में लौट कर
बिछड़े हुए दोस्तों की शरारतों
में खो जाना.. उनकी धुंधली
यादों में..खुद को तलाश करना
और किसी के आवाज देने पे
वापस..जमीन पर लौट आना।

'हाथों की लकीरें'

झूठे रिश्ते मैं निभा नहीं
पाता... मैं किसी को रुला
भी नहीं पाता..हाथों की
लकीरें मैं पढ़ नहीं पाता.. फिर
क्यूँ मैं तनाव में आ जाता हूँ?

कभी कभी इतना गमज़दा
हो जाता हूँ.. राहों में अकेले ही
अंधेरों में निकल पड़ता हूँ..
मेरे पास कोई आइना नहीं
होता कि मैं देख सकूँ...ये क्यूँ
हो रहा है?

नित नये प्रश्न उग आते हैं
मेरे मन में... समाधान कोई
होता नहीं है... फिर भी मैं चल
पड़ता हूँ नकारात्मकता की
ओर... बिना कुछ सोचे समझे।

मन में बहुत कुछ घुमड़ता
रहता है जिसका कोई अंत
नहीं होता... तभी किसी

नरहरि सिंह चौहान 'राज'

बच्चे की किलकारी मेरे
चेहरे पे हंसी ले आती है.. मैं
अपने बचपन में लौट जाता हूँ
और जीवन की डोर मुझे मिल
जाती है।

तब सोचता हूँ शायद यही
है दुनिया... प्यार में रची बसी
अपनों की मिठास लिए.. सुख
दुख में डूबी... कुछ याद रखने
वाली.. कुछ भूल जाने वाली..
कुछ उलझी हुई सी...?

क्या मैं सही हूँ.. पता नहीं..

गाँव

निशा का ढलना.. सूर्य की
लालिमा के मध्य पक्षियों
का कलरव... शीतल मंद मंद
बहती पवन... बाह्य मधुर
संगीत में खोता मन।

मंदिर में होती आरती..
बजती घंटियाँ.. स्वप्न पंख
लगा कर उड़ते हुए.. मैं
उनींदा सा उठता हूँ... फिर
सो जाता हूँ.. ये सोचकर
कि अभी सुबह कहाँ हुई है..?
घर के दरवाजों का चूं चा
करना... लोगों का जोर जोर

से बतियाना..कुत्तों का भौंकना
गाय का रंभाना... मुझे उठा ही
देता है बेमन से ही सही..।

दिनचर्या के पचड़े में पड़ना
मुझे नहीं भाता पर करूं क्या
जानवरों को चारा चाहिए..
और हमें दाल रोटी.. जुट
जाता हूँ बैल की तरह कांधे पे
जिम्मेदारी ढोने के लिए।

तपती दुपहरी में जी भर कर
छाछ और बेझड़ की रोटी तोड़
पेड़ की छांव तले अंगोंछा बिछा..
खुद को राजकुमार समझ के
नींद के आगोश में खोकर
सांझ को बुला लेता हूँ...

पता नहीं गाँव की ये जिंदगी
क्यों मुझे गन्ने के रस से भी
मीठी लगती है....?

सत्य

मैं सच कहता हूँ,
वो रूठ के चल देते हैं।
आजकल सत्य कोई
क्यूँ नहीं सुनना चाहता..
क्यूँ पसंद है लोगों को
चापलूसी... चमचागीरी?

दुनिया भी आज कई मायने
में कितनी है अजीब.. मन
में क्यूँ है इतना छल कपट,
धूर्तता, ठगी, बेईमानी..
चालाकी... येन केन प्रकारेण
धन कमाने की लालसा।

जो धनवान हैं यहाँ
वो सत्य से हैं गरीब।
मोह और लालच में
इस कदर उलझे हैं सब,
माया में लिपटे...
अपनों से हो रहे हैं दूर।

जरा जरा सी बात पे
हो जाते हैं ख़फ़ा..
गर टोका कभी उनको
तो झगड़ा, मारपीट पर
आमादा, बर्दाश्त नहीं है
अब सत्य किसी को भी,
किसके मन में है अब
सत्य मेव जयते?

भौतिकवाद ने तोड़ दिए
सारे रिश्ते.. स्नेह, प्रेम
श्रद्धा, अपनत्व क्यों..?
माता पिता, भाई बहन
परिवार सब पीछे छूट
रहे हैं.. अब लगता है पैसा
ही सब कुछ हो गया है।

प्यार

प्यार की बयार जब
बहने लगती है दिल में
तब कुछ भी क्यूँ नहीं
नजर आता है सिवाय
अपने प्यार के...?

इश्क़ की कोई उम्र तो
होती नहीं.. वो तो पहली
नज़र में ही हो जाता है
बिना कुछ समझे.. जाने
अनजाने।

फिर आंखे केवल ढूंढती
है... इंतज़ार करती है
सिर्फ अपने प्यार का..
न मिलने पर होती है
एक अजीब सी बैचेनी..
झुंझलाहट..?

किसी काम में दिल नहीं
लगता.. जब तक नज़र

चार न हो ... दो बातें
न हो... लुका छिपी वाली
मुलाकात न हो।

आते जाते राहों में इशारों
इशारों में सब कुछ कहना..
फूल को हाथों में थमा के
शर्माना और कातर निगाहों
से देखते हुए अगले दिन
मिलने का वादा ले के
चुपचाप निकल लेना।

हाँ इतना जरूर है अब वो
हीर रांझा जैसी मोहब्बत तो
रही नहीं.. अब तो मोबाइल,
लैपटॉप वाली होती है जिसका
नशा परवान चढ़ने से पहले ही
उतर जाता है... सोचो क्यूँ?

नवीन कुमार जैन

जन्म तिथि	:	27.01.2002
पता	:	ओम नगर कॉलोनी, वार्ड नं.-10, बड़ामलहरा, जिला- छतरपुर, म.प्र.
मो. नं.	:	8959534663
शिक्षा	:	बी.ए.बी.एड. (अध्ययनरत)
प्रकाशन	:	मेरे विचार पुस्तक, बेटियाँ साझा संग्रह, अट्टहास, देवपुत्र, प्रेरणा, प्रयास, अनुगुंजन आदि पत्रिकाओं में रचनाओं का प्रकाशन। वूमेन एक्सप्रेस, वर्तमान अंकुर, दैनिक जागरण आदि समाचार पत्रों में रचनाओं का प्रकाशन।

नवीन कुमार जैन

सभ्यता सुकून और संस्कृति

मेरे बचपन के दिनों में
अक्सर मैं सुबह सुबह
घर के बाहर बने चबूतरे पर
बैठा करता था
दिखतीं थी सिर पर लकड़ी लादे
पंक्तिबद्ध चल रही बाइएँ
बेंचने जाती हुईं बोझ अपना
तभी रामधुन निकलती थी
गाते बजाते अपनी मस्ती में मस्त
उत्साही धार्मिक
इन सबसे पहले सुनाई देने लगता था कुछ
वो होती थी मस्जिद से आने वाली आवाज
मंदिर की घंटियाँ
अब सुनाई देने लगतीं थीं
मंदिर जाते लोग
दिखाई देने लगते थे
लेकिन अब जब बैठता हूँ वहाँ कभी
नहीं दिखतीं वो महिलाएँ
जो मौन होकर बेचती थीं
जंगलों की चहल पहल
वो रामधुन गायब सी है अब
लगता है नहीं रहा अब समय राम का
पर अब भी सुनाई देती है
मस्जिद से अजान
अब भी सुनाई देती हैं
मंदिर की घंटियाँ
दिखाई देते हैं अब भी
मंदिर जाते लोग
आधुनिक और अंधाधुंध विकास के युग में
धर्म तो जीवित है किन्हीं संदर्भों में

पर सभ्यता सुकून और संस्कृति
तीनों का पतन होता जा रहा है

गुलाबी ओंठ

कुँवारी लड़कियाँ गाँवों में
दिखती हैं अब भी
नजरें झुकाए
जीती हुईं
उनके चेहरे पर
दिखते हैं भाव भी वो
जिन्हें समाज करता है
स्वीकार
दिखती हैं औरते भी गाँवों में
पर उनसे नजरें मिलाना
बड़ा मुश्किल है
उनके चेहरे को देखना
बड़ा मुश्किल है
ओढ़ती हैं वो घूँघट
जिसे ओढ़ने को उन्हें
समाज ने किया बाध्य
शहरों में कुँवारी लड़कियाँ
नजरें उठा के चलती हैं
देखा जा सकता है उनका चेहरा
उनके भाव समझे जा सकते हैं
शहरों में औरतें नहीं लेतीं
घूँघट या कम लेती हैं
पर दोनों जगह ओंठ
गुलाबी ही रह गए

नवीन कुमार जैन

आवाज वहाँ भी नहीं उठती
यहाँ भी नहीं
वहाँ मुट्ठी बाँध नहीं पाती हैं
यहाँ मुट्ठी भींच के रह जाती हैं
औरतें सामाजिक औरतें

क्यारी

कंकर पत्थर जोड़कर
न मैंने मंदिर बनाया
न मस्जिद बनाई
मैंने एक क्यारी बनाई
रोपे कुछ पौधे
कुछ समय बाद उगे फूल
वो फूल हिन्दू ले गये
मुस्लिम भी ले गये
अपने ईश को करने अर्पित
और मजार पर चढ़ाने
प्रेमी ले गये फूल कुछ
अपना प्रेम निभाने
कुछ राही आने लगे वहाँ
अपना शीश झुकाने
मैंने कुछ प्रेरित होकर
उस जमीन पर जिस पर
न मंदिर था न मस्जिद थी
बो दी एक फसल
हिन्दू ने भी खाई रोटी
मुस्लिम ने भी खाई रोटी
उस अन्न की
जो दिया था दाता ने

किसान

एक बड़ा वर्ग
नकार देता है
अपनी नापसंद
यह कहते हुए
कि ये कपड़े
तो किसानों जैसे हैं
ऐसा भोजन तो
किसान करते हैं
ऐसे घर में तो
किसान रहते हैं
कभी सोचते हो पर
कि किसान कैसे
जीता होगा
उन कपड़ों में
उस भोजन में
उन घरों में

लड़कियाँ

एक ओर लड़कियों का
एक पीयर ग्रुप छुपकर
उंगलियों में थामे हुए सिगरेट
लगाते हुए कश घुमाते हुए उंगलियाँ
कलाइयों की कला से
बनाते हुए बराबर पैग
हाथों से करते चीयर्स
चबाते हुए नमकीन
सोच रहा था

काश हर लड़की को होती
इतनी ही स्वतंत्रता
कर सके मनमानी
अपनी दम पर
दूसरी ओर
बहुत सी लड़कियाँ
उंगलियों को घुमाते हुए
कभी तबे पर सेंकते हुए रोटी
कभी कलाइयों की कला से
करते हुए कढ़ाई, बुनाई
हाथों से कभी
माँझते हुए बर्तन, धोते हुए कपड़े
काटते हुए फसल
सोच रहीं थीं केवल
अपने और अपने परिवार के बारे में
और असमंजस में, मैं सोच रहा था
दोनों स्थितियों में
नारी की स्थिति कहाँ ठीक है
मैं नारीवादी होना चाह रहा था

कैलेंडर

कमरे की एक दीवाल पर
एक छोटी खूँटी है उस पर
पहले से टँगे दो तीन वर्ष के
कैलेन्डरों के ऊपर ही
लटका दिया इस साल का
कैलेन्डर नया कैलेन्डर और
उन पुराने कैलेन्डरों के पन्नों को
पलटने पर अहसास हुआ

साल कितनी जल्दी बीतते जा रहे हैं
कैलेंडर बदलने के साथ
बदलती जा रही है जिंदगी
कैलेन्डर की तारीखों पर
आँख बंद करके
उंगलियाँ रखकर पढ़ा जा सकता है
उस दिन की जिंदगी को
जैसे ब्रेल लिपि में उकरे अक्षर
नेत्रहीन उंगलियों के स्पर्श से
पढ़ लेता है समझ लेता है

मेहनत का मूल्य

शाम ढलते ढलते
कम होती जाती है
बाजार में रखी
उस सब्जी की कीमत
जो छोटे किसान लाते
हैं बड़े शहरों में
बेचने के लिए
और शाम ढलते ढलते ही
बढ़ती जाती है
कुछ सामानों की कीमत
शहरों में
समाज ने हमेशा
त्याग और मेहनत को
कम तौला है
भोग और वासना के समक्ष

प्रीति चौधरी

जन्म	:	5.8.1985, उ.प्र.
शैक्षणिक योग्यता	:	बी.ए., दुर्गाप्रसाद बलजीत सिंह स्नातकोत्तर महाविद्यालय, अंग्रेजी विषय में पोस्ट ग्रेजुएशन डी.ए.वी. डिग्री कॉलेज (बुलंदशहर) बी.एड., डी.पी.बी.एस. पी.जी. कॉलेज विशिष्ट बी.टी.सी. 24-2-2009 को मेरी नियुक्ति सहायक अध्यापिका के पद पर प्राथमिक विद्यालय जवासा में हुई। 14-8-2013 को मेरी पदोन्नति प्रधान अध्यापिका के पद पर प्राथमिक विद्यालय लाडपुर नंबर सेकंड में हुई।
साहित्य में रुचि	:	कॉलेज की पत्रिकाओं में मेरी कविताएं प्रकाशित हुईं।

मरुभूमि सा जीवन सबका

मरुभूमि सा जीवन सबका
प्यास बुझेगी कैसे साथी,
तिमिर धरा पर पसरा इतना
लौ जलेगी कैसे साथी।

दिशाहीन व्यक्ति का जीवन
मंजिल मिलेगी कैसे साथी,
जख्मों पर नमक लगाते हैं सब
धीर बँधेगी कैसे साथी।

हृदय के एहसास सुप्त हो गए
आस जगेगी कैसे साथी।
मानवता इतने कष्टों को,
मूक सहेगी कैसे साथी।

दुख देख कर दुखी जीवन के,
करा हद बेगी कैसे साथी।
नफरतों के बीज अंकुरित हो रहे,
हृदय में प्रीति पनपेगी कैसे साथी।

प्रीति चौधरी

आशाओं का गीत सुनाना है

आशाओं का गीत सुनाना है,
हमें पग पग चलते जाना है।।

मनोरम दृश्य है धरा पर बहुत,
ठहर मत राही हमें जाना है।।

अग्नि में तप पीतल, बनेगा कुंदन
हमें स्वयं को सोना बनाना है।।

यदि जीत ने की दृढ़ इच्छा हो मन में
तो हार को हार ही जाना है।।

विश्राम की इच्छा त्याग दे मन से,
कर्म पथ पर आगे बढ़ते जाना है।।

कदम न रुकने पाए राही,
मंजिल से आगे कदम बढ़ाना है।।

विकारों की आंधी को विराम देकर,
शालीनता का दीप जलाना है।।

भ्रष्टाचार में लिप्त भ्रमित जन को,
मानवता का पाठ पढ़ाना है।।

आराम की चाहना उठे हृदय में,
हमें आगे ही बढ़ते जाना है।।

भोग विलास की व्याधि से पीड़ितों को,
सदाचार काम मरहम लगाना है।।

हाथ में शोभित हो श्रम की चाबी,
सफलता का द्वार खुल ही जाना है।।

पाप क बोझ से कराहती धरा को
पवित्रता का लेप लगाना है।।

ईर्ष्या द्वेष से झुलसते तन पर,
प्रेम स्नेह का चंदन लगाना है।।

भोर हुई कलिया मुस्काई

भोर हुई कलिया मुस्काई,
अंबर में लाली सी छाई।
दूर तलक रोशन है पृथ्वी,
हवा चल रही क्या पुरवाई।।

कहीं दूर है निशा का डेरा,
नवल भोर से भू मुस्काई।
सूर्य ने छेड़ा वसुधा का आँचल
नयी दुल्हन सी वह शर्मायी।

सहस्र रश्मियां करती अटखेलियां
नवयौवना सी सरिता लजाई।
मन्त्रमुग्ध धरती का कण कण
मौसम ने प्रेम लीला रचाई।।

दूर नभ में उड़े हैं पंछी,
सुन कलरव शाखाएं लहराई।
सुमन खिले हैं मन भावन,
उद्यान में प्रकृति ने रंगोली बनाई।।

प्रीति चौधरी

सरिता की कल कल मन भाती,
बादलों ने ली झुम के अँगड़ाई।
कोयल की सुरीली आवाज लगती
मानव श्याम ने मुरली बजाई।।

डोल गया कवयित्री का मन,
कल्पना कागज पर उतर आई।
मिट गया हृदय पटल से अँधियारा,
प्रकाशित धरा मन को भायी।।

खुशियों के हैं मीत हजारों

खुशियों के हैं मीत हजारों,
दुख का कोई भागीदार नहीं।
अधरों की मुस्कान मे सब होंगे शामिल,
अश्रु का कोई साझीदार नहीं।

दिवस की कांति मे सबका हिस्सा,
जीवन रजनी का कोई हिस्सेदार नहीं।
निस्वार्थ भाव से साथ देती थीं मां,
मां की तरह दुनिया वफादार नही।

वेदना से तन मन हैं पीड़ित बहुत,
जग को इससे कोई सरोकार नहीं।
जिसमें है हमेशा प्राप्त करने की लालसा,
व्यवसाय है प्रीति वह प्यार नहीं।

प्रेम लेन देन की नीति से अलग होता है,
यह कोई जमीदारी या व्यापार नहीं।

अंतरमन शब्द बाणों से हो गया आहत

मरहम पाने की किसी से दरकार नहीं।

आज अश्रु की स्याही से लिखने दो हमें,
हमेशा मुस्कुराने का जिंदगी से कोई करार नहीं।

आज अपने दुखों का साथी खुद को बनाया है,
अब विश्वासघात का कोई असर नहीं।

कैसे करवटें बदल बदल बिताई थी रैना,
इस व्यथा को समझेगा संसार नहीं।

कलम को भी जंजीरों में बांधना चाहते हैं,
दर्द बयां करने का भी अधिकार नहीं।
जिस जिंदगी में जिंदगी का एहसास ना हो,
वह जिंदगी जीने को मन तैयार नहीं।

अपना होने का जो दमभरते हैं दिन रात,
क्यों सुनते पीड़ा वेदना की पुकार नहीं।

आज ही सारे दुखों से मिला दे ऐ जिंदगी,
कुछ रखना कल के लिए उधार नहीं...

हर शख्स यहाँ तनाव में है

रोष में है, कभी अभाव में है।।

अपना पराया, तेरा मेरा का राग,
इर्ष्या में है तो कभी लगाव में है।।

प्रीति चौधरी

ईश्वर की इच्छा हम क्या जानें ?
जीवन नैय्या तूफ़ान के बहाव में है।।

दुःख में मुस्कुराते हैं हम
कैसा विरोधाभास स्वभाव में है?

जीवन है पानी का बुलबुला यारों
हम सवार टूटी हुई नाव में है।।

जीवन की पहेली सुलझती नहीं,
सौ प्रश्न छुपे एक जवाब में है।।
जाने किसके पीछे भागे बावरा मन,
एक मृगतृष्णा या भटकाव में है।।

हमें हमारे होने का प्रमाण दे दो
हम हक़ीक़त में या ख़्वाब में है।।

पर्वतों ने हार कब मानी है

पर्वतों ने हार कब मानी है
नदियों ने हार कब मानी है।।
झरने अनवरत बहते रहते,
साफ रहता बहता पानी है।।

नित्य पवन जीवन देती है,
नित विहग कलरव करते हैं,
नित्य श्वास चलती रहती है,
नित हृदय स्पंदन करते हैं,
अधरों पर मुस्कान बनाये रखें,
अश्रुओं में धुल जाती कहानी है।

पर्वतों ने हार कब मानी है
नदियों ने हार कब मानी है।।

हृदय में आशाओ का संचार कर,
गिर जाए भले भूल सुधार कर,
शूरवीर अजेय प्रतापी तुम,
बाधाओं से बैठ मत हार कर।
पराजित होना तेरे लिये नहीं,
हारना मृत्यु की निशानी है।।
पर्वतों ने हार कब मानी है
झरनों ने हार कब मानी है।।
प्रयासों की मशाल जलाये रखना
उर में विश्वास जगाए रखना,
बुझने न पाए लगन का दीपक,
जीतने की अलख जगाये रखना।
सफलता का ताज़ तुम्हारे शीश होगा,
सार्थक होती हर एक कुर्बानी है।।
पर्वतों ने हार कब मानी है
नदियों ने हार कब मानी है।।

इंदु शीतलता मन को देता है
रवि कान्ति तन को देता है,
प्रकृति का श्रृंगार हर पल सुशोभित,
ईश्वर रंग रूप उपवन को देता है।
ठहर मत पथिक चलता चल,
ठहराव तो बेईमानी है।।
पर्वतों ने हार कब मानी है
नदियों ने हार कब मानी है।।

शैल शीश झुका देते हैं,
गगन हथेली पर ला देते हैं,
जब लेते हैं संकल्प दृढ़ निश्चयी हृदय,

इंदु को धरा दिखा देते हैं।
हार कर बैठना शोभा नहीं देता,
प्रयास से पत्थर बन जाता पानी है।।
पर्वतों ने हार कब मानी है
नदियों ने हार कब मानी है।।

ठहर मत मानव चलता चल,
दीपक की मानिंद जलता चल,
बुझकर मृत्यु का वरण मत कर,
कायरों सा आचरण मत कर।
जल जब तक तेल की रवानी है।।
पर्वतों ने हार कब मानी है
नदियों ने हार कब मानी है।।

कल्पना आनंद देती

कल्पना आनंद देती
यथार्थ से डरता है आदमी।

जीवित रहने की आकांक्षा में,
प्रतिदिन ही मरता है आदमी।

वर्तमान में सदा पाता है वही,
जो अतीत में करता है आदमी।

पर हित में ही सच्चा सुख है,
इस वाक्य से मुकरता है आदमी।

अब ज्ञात हुआ कि स्वार्थ सिद्धि को,
किसी मोड़ पर ठहरता है आदमी।

सुभाष 'पागल'

(लेक्चरर 'अंग्रेज़ी')

पता	:	ग्राम - भूलेपुर, पोस्ट-हंसवर ब्लाक - बसखारी, जिला-अम्बेडकर नगर पिन-224143
सम्पर्क	:	9651886425, 9369690531
शिक्षा	:	एम. ए. 'अंग्रेज़ी' बी. एड.
अभिरुचि	:	गीत और ग़ज़ल लिखना एवं गाना नेता सुभाष कृषि सैनिक इन्टर कॉलेज मौलागंज, जिला- महराजगंज, उत्तर प्रदेश, भारत।

सुभाष 'पागल'

सरस्वती माँ, कृपानिधानम्,
शीष झुका के, तुम्हें प्रणामम् ।
सरस्वती माँ.........................

संगीत, कला, सुर ग्यान की देवी,
सहज, भाव और दान की देवी ।
सद्बुद्धि तुम, हमें प्रदानम् ।।
सरस्वती माँ ....

मन धूमिल है, निर्मल कर दो,
राह अंधेरी, उज्ज्वल कर दो।
अर्ज यही है, रखना ध्यानम्।।
सरस्वती माँ ....

क्या हम मांगें? हे कमालासनी !
सच तो यही है, हे पद्मासनी!
सर्व धनम् है, विद्या प्रधानम् ।।
सरस्वती माँ ....

'माँ की महिमा'

माँ, खुदा तो नहीं, पर खुदा सी है,
वो तो, खुद में, खुदा की दुआ सी है।
माँ खुदा तो....... वो तो खुद में......

कोख में, रूह को, जिस्म देती है जो,
वो रुहानी, कोई, करिश्मा सी है।
माँ खुदा तो........वो तो खुद में......

जान पे, खेलकर, जो दे ज़िन्दगी,
वो नुमाया, किसी, फरिश्ता सी है।
माँ खुदा तो........वो तो खुद में.....

होके बेनींद, बच्चों की, नींदों पर,
सम्त-ए-नम, सेज़ वो, सो जाती है।
माँ खुदा तो........ वो तो खुद में.....

इस जुबाँ तोतली, पाँव लाचार को,
बोलना, चलना, वो ही, सिखाती है।
माँ खुदा तो......वो तो खुद में......

भूख से, जो परेशाँ, हो बच्चा कभी,
खुद न खाके, उसे, वो खिलाती है।
माँ खुदा तो.........वो तो खुद में.....

बिन कहे, जान ले, जो दर्द-ए-दिल,
जाने जाँ, वो बड़ी, अलहदा सी है।
माँ खुदा तो........वो तो खुद में......

वो ज़बीं, चूम ले, तो, ग़म हंस पड़े,
उसका बोसा, तो, मीठी दवा सी है।
माँ खुदा तो....... वो तो खुद में.....

दिल, कभी भी, उसका दुखाना नहीं,
आह उसकी, बड़ी, बद्दुआ सी है।
माँ खुदा तो......वो तो खुद में......

माँ की ममता, बड़ी, बेमुना फ़िक है,
फ़र्ज, गर्दिश में, भी वो निभाती है।
माँखु दातो....... वो तो खुद में.....

क़र्ज़, उसका, न कोई, चुका पाएगा,
वो तो 'पागल' किसी कविता सी है।
माँ खुदा तो........ वो तो खुद में.....

'तमन्ना-ए-मुस्तकबिल'

चाँद का, साथ, जिस रोज पाऊंगी मैं,
एक घर, आस्माँ पर, बनाऊँगी मैं।
चाँद का................................

प्रेमपावन, दिल में, बसाए हुए,
प्रीत की लौ, तिमिर में जलाऊँगी मैं।
चाँद का................................

साझे सपने हैं, जो भी मेरी सोच में,
उन सभी को, लगन से, सजाऊँगी मैं।
चाँद का..............................

सोंधी खुशबू से, आँगन ये महकेगा,
स्नेह के फूल, ऐसे खिलाऊँगी मैं।
चाँद का.............................

रूठ जाऊँगी जब, मैं किसी बात पे,
वो मनाएगा जब, मान जाऊँगी मैं।
चाँद का................................

ये तमन्ना मेरी, पूरी कर दे प्रभु,
होके 'पागल', तेरे गीत गाऊँगी मैं।
चाँद का................................

डरा डरा है परिन्दा

डरा डरा है परिन्दा, पंख खोले किन खोले,
शिकारी तीर ताने है, दर से डोले कि न डोले।
डरा डरा है..............................

तमन्ना उड़ने की दिल में, बेबस है पोशीदा,
यहाँ आजादी है, लेकिन कफ़स में रंजीदा।
सोचता है कि सच्ची बात, वो बोले कि न बोले।
डरा डरा है....................................

फज़ा में खौफ़ है ऐसा, हवा में साज़िश के झोंके,
ज़माने की अदा ऐसी, सदा में साज़िश के झोंके।
करे हैं ग़मज़दा ऐसे, कि वो रो ले कि न रो ले।
डरा डरा है....................................

करे बुलन्द, न सोचे, भरे अपनी उड़ान वो,
दिलेर बन, करे साकार, जो हैं अरमान वो।
कामयाबी के पैमाँ पर, अना तौले कि न तौले।
डरा डरा है....................................

किसी इमदाद की, उम्मीद, कोई करे कैसे,
मरना है मगर, बेमौत ही, कोई मरे कैसे।
वो 'पागल' ज़िन्दगी के संग, हो लेकिन हो ले।
डरा डरा है....................................

सुभाष 'पागल'

'चाहता हूँ'

सभी रंज़िशों का, शमन चाहता हूँ,
चारों तरफ मैं, अमन चाहता हूँ।
सभी रंज़िशों..........................

अब ख़त्म हो, ये डर की सियासत,
कभी कम न हो, दिलों की मुहब्बत।
दिलों से दिलों का, मिलन चाहता हूँ।
सभी रंज़िशों.........................

कोई बैर आपस में, रखे न कोई,
दुश्मन किसी को, समझे न कोई।
नहीं मैं कोई, दुश्मन चाहता हूँ।

ये हिन्दू, ये मुस्लिम, सिख, ईसाई,
ये जैन, ये बौद्ध, पारसी हैं भाई।
इस सोच का मैं ज़ेहन चाहता हूँ।
सभी रंज़िशों........................

रिश्ते किसी से, बिगड़ने न पाएं,
ये की नाई चीज़ें, उभरने न पाएं।
इन नफरतों का,दमन चाहता हूँ।
सभी रंज़िशों.........................

मुस्कुराने दे, सारे गुलों को यहाँ,
फर्ज़ में फर्क न कर, तू है बागवाँ।
खिलता हुआ, मैं चमन चाहता हूँ।
सभी रंज़िशों.........................

खुशनुमा हों फ़ज़ाएं, ताज़ा हवाएं,
फूलें फलें, और सभी गुनगुनाएं।

नहीं मैं किसी का, पतन चाहता हूँ।
सभी रंज़िशों......................

जीने से पहले, न मर जाए कोई,
करूँ काम ऐसा, संवर जाए कोई।
ऐसा ही मैं, इक जीवन चाहता हूँ।
सभी रंज़िशों......................

खुदा अपनी रहमत, देना मुझे,
अक्ल साफ बरक़त, देना मुझे।
नहीं ये धरा, वो गगन चाहता हूँ।
सभी रंज़िशों......................

कोई दरम्याँ, गैर आने न पाए,
'पागल' हमें, फिर बनाने न पाए।
संजीदा अहले, वतन चाहता हूँ।
सभी रंज़िशों......................

सुभाष 'पागल'

टूट जाते हैं अहद भी ज़रा सोचा करना

टूट जाते हैं अहद भी ज़रा सोचा करना,
ऐसे वैसों पे कभी तुम न भरोसा करना।
टूट जाते हैं...... ऐसे...................

अक्ल के पर्दे पर गर्द ना जमने देना,
रूह कहती है तो तुम इसे धोया करना।
टूट जाते हैं.........ऐसे..................

कोई फ़रेब में गुम है, कोई खुदगर्ज़ी में,
हाथ में तेग़ है सबके ज़रा देखा करना।
टूट जाते हैं......... ऐसे................

हुस्नो तासीर के प्यासे हैं ये भौंरे सारे,
भूलकर इनका कभी भी ना पीछा करना।
टूट जाते हैं......... ऐसे................

कभी जो उमड़े जज़्बात की आंधी दिल में,
होश मत खोना बाहोश तुम रोका करना।
टूट जाते हैं........... ऐसे..............

जुनूँ शबाब का रखना सम्हाल के जानाँ,
ज़िन्दगी नर्क हो ऐसा ना फैसला करना।
टूट जाते हैं............ ऐसे.............

सब्र कर तेरा अहले वफा मिल जाएगा,
जल्दबाजी में कोई ना तुम ख़ता करना।
टूट जाते हैं............. ऐसे............

गुनाह इक पल का ताउम्र रुला देता है,
कोई ना जुर्म हो ऐसा, ये तुम दुआ करना।

टूट जाते हैं............ ऐसे.............

उनकी आहों से खुशियां तेरी जल जायेंगी,
कभी माँ बाप से 'पागल' नहीं धोखा करना।
टूट जाते हैं............ ऐसे...................

मेरे देश की सियासत कहाँ जा रही है

मेरे देश की सियासत कहाँ जा रही है,
हर पार्टी आवाम को बरगला रही है।
मेरे देश की सियासत ....

मुद्दे नहीं तरक्क़ी के एलान नामों में,
मसरूफ़ रहनुमा हैं सत्ता के कामों में।
खुत्बात सियासी सबको लड़ा रही है।
मेरे देश की सियासत ....

तमाम रंगे गुल हैं हम एक बाग के,
डर है कि जलन जाए शैतानी आग से।
जुस्तजू सुकून की आँसू बहा रही है।
मेरे देश की सियासत...................

ज़हालत से निकलो ऐ वतन के लोगों,
सोच अपनी बदलो ऐ वतन के लोगों।
बेदाग गुज़ी दों को संसद बुला रही है।
मेरे देश की सियासत...................

चंद हाथों के तुम अब्दब न रहे हो,
फासले बढ़ा के निःशब्द बन रहे हो।
आज की ये हालत 'पागल' बता रही है।
मेरे देश की सियासत...................

राजकुमार जैन 'राजन'

आकोला - 312205 (चित्तौड़गढ़) राजस्थान

ईमेल- rajkumarjainrajan@gmail.com

जन्मस्थान	:	आकोला, राजस्थान
शिक्षा	:	एम. ए. (हिन्दी)
लेखन विधाएं	:	कहानी/कविता/पर्यटन/ लोक जीवन एवं बाल साहित्य
प्रकाशन	:	'नेक हंस', 'लाख टके की बात', 'झनकू का गाना', 'आदर्श मित्र', 'बच्चों की सरकार', 'आदिवासी बालक' आदि बाल साहित्य की 36 पुस्तकों का प्रकाशन। हिंदी बाल कहानियों का मराठी अनुवाद 20 पुस्तकों के सेट में प्रकाशित, लगभग तीन दर्जन पुस्तकें एवं पत्र-पत्रिकाओं में हजारों रचनाएं प्रकाशित।
प्रसारण	:	आकाशवाणी व दूरदर्शन सहित विभिन्न चैनल्स से प्रसारण
संपादन	:	'रॉकेट' (बालमासिक), 'श्रमनस्वर' (मासिक), 'टाबर टोली', 'बाल मितान', 'बाल वाटिका' एवं 'हिमालिनी' (नेपाल) पत्रिकाओं को सम्पादन सहयोग। 'साहित्य समीर दस्तक'मासिक (पूर्व प्रधान सम्पादक), 'राष्ट्र समर्पण मासिक' (साहित्य सम्पादक), 'साहित्यगुंजन' (संपादक), 'संगिनी' (सहसंपादक) कई पत्रिकाओ के 'बाल विशेषांक' सम्पादन'
अनुवाद	:	'सबसे अच्छा उपहार' बालकहानी संग्रह पंजाबी, मराठी, उडिय़ा, गुजराती और अंग्रेजी में अनूदित। अनेकों रचनाएं/बाल कहानियां गुजराती, मराठी, कन्नड़, पंजाबी, अंग्रेजी, राजस्थानी, तमिल, सिंधी

और संस्कृत में अनूदित।'

संस्थापक : 'हिन्दी बाल साहित्य की उत्कृष्ट पुस्तक पर प्रतिवर्ष अखिल भारतीय स्तर पर इक्कीस हजार रूपये का 'पं. सोहनलाल द्विवेदीबाल साहित्य पुरस्कार'। (पिछले ग्यारह वर्ष से) प्रत्येक पांच हजार रू. राशि के सम्मान' राजस्थानी बाल साहित्य की उत्कृष्ट पुस्तक पर 'चन्द्र सिंह बिरकाली पुरस्कार'। 'डॉ. राष्ट्र बन्धु स्मृति वरिष्ठ बाल साहित्यकार सम्मान' (दो सम्मान प्रतिवर्ष) 'डॉ. श्री प्रसाद स्मृति युवा बाल साहित्यकार सम्मान' 'डॉ. बाल शौरी रेड्डी बाल साहित्य सम्मान' 'श्री अम्बा लाल हींगड़ स्मृति साहित्य सम्मान' 'श्रीमती इन्द्रा देवी हींगड स्मृति साहित्य सम्मान' एवं अन्य एक दर्जन सम्मान 'राजकुमार जैन राजन फाउण्डेशन' की स्थापना' साहित्य/शिक्षा/सेवा/चिकित्सा प्रमुख पुरस्कार और सम्मान' महाराणा मेवाड़ फाउण्डेशन, उदयपुर से 'राजसिंह अवार्ड' (दो बार) 'शकुन्तला सिरोठिया बाल साहित्य पुरस्कार', इलाहाबाद राजस्थानी भाषा, साहित्य एवं संस्कृति अकादमी (राज. सरकार) द्वारा 'जवाहर लाल नेहरू राजस्थानी बाल साहित्य पुरस्कार' साहित्य मण्डल श्रीनाथ द्वारा द्वारा 'गिरिराज शर्मास्मृति सम्मान। राजस्थान जनमंच, जयपुर द्वारा 'समाज रत्न-2016' राजीव गांधी एक्सीलेंट अवार्ड- 2016', लखनऊ (उ.प्र.) भारतीय बाल कल्याण संस्थान, कानपुर द्वारा 'डॉ. राष्ट्र बंधु सम्मान-2017' भारत-नेपाल मैत्री संघ द्वारा साहित्य सेतु सम्मान-2018 क्रान्ति धरा साहित्य अकादमी, काठमांडू, नेपाल द्वारा साहित्य सेवा सम्मान-2018 सहित 101 से अधिक पुरस्कार/सम्मान। 'विदेशयात्रा'- अमेरिका, कनाडा, मॉरीशस, मलेशिया, थाईलेंड, श्रीलंका, नेपाल आदि।

राजकुमार जैन 'राजन'

पूर्ण सत्य

दोस्त!
जब-जब तुम मुस्कराये
तुम्हारे कदमों की आहट से
हमारे संघर्ष की धार
चलती रही पीड़ा के द्वार तक

सुलगते अरमानों
और बुझते इरादों को
हवा दे जाता है
यह संघर्ष
और दिल पर
दस्तक देने लगती है
एक क्रांति

एक बीज जो बस
अंकुरण की चाह रखता है
धरती की असीम छाती पर
डोलती हवा का
अचानक
एक पल ठहरना
और गुजरना मुस्कराहते हुए

धरती के आँचल में बीज़ का
मिट जाना ही तो
नवसृजन है
बीज से वृक्ष बनने की यात्रा
एक समर्पण
बीज वृक्ष बन
आकाश की ऊंचाइयों को छूता
पर धरती से अपना रिश्ता

नहीं भूलता कभी भी

यही जीवन सत्य है
यही पूर्ण सत्य है!

पुनर्जन्म

पेड़ की पीली हो गई
पत्तियों ने
मेरी ओर मुस्करा कर देखा
और पूछा-
मौसम बदल रहा है
यह पेड़ भी गिरा ही देगा हमें
नव किसलयों के स्वागत में

क्या तुम भी
टूटकर
बिखरना जानते हो?
यही है प्रकृति का शाश्वत नियम
प्राचीन की विदाई ही
नवीन का स्वागत है
जीवन के सृजन में

खुद से खुद की लड़ाई
लड़ते-लड़ते टूटने पर ही
नवसृजन होता
यह सृष्टि का
अंतिम बिंदु होता है
जहाँ मिट जाने का भाव
मन को विश्वास में लेता है
इसलिए टूट कर

मिट जाने का दर्द
हमें नहीं होता है
हमारे समर्पण से ही तो
नव-पल्लव खिलता है

हमारा यही विश्वास
प्रेम की नमसतह पर
भविष्य को
एक नई दिशा देता है और
अपनी पीड़ा का
उत्सव मनाता है

ऐसे ही तो होता है
मानवता का पुनर्जन्म!

आखिरी बार

दोस्त!
आाखिरी बार पांच सितारा होटल के बाहर
लॉन में
अचानक हम मिले थे
बाहर सड़क पर बर्फ़ गिर रही थी
ठंडक से मेरा बदन
कँपकपा रहा था

तुमने अपने बदन को
कीमती सुंदर शॉल से ढक रखा था
और मैं
फटे कोट के साथ
अपने गन्दे टोपे से

आखर कुंज

गर्मी महसूसने की नाकाम कोशिश
कर रहा था

बहुत मामूली अंतर ही तो था
यही कि वापसी पर
वातानुकूलित कमरा और नियोन रौशनी
तुम्हारा स्वागत करेगी

कँपकपाती सर्दी और
गुल हो गई बत्ती के स्याह अंधकार में
बिस्तर पर बूढ़ी माँ
अकड कर मेरी प्रतीक्षा कर रही होगी

तुम्हारे सिरहाने की रौशनी
कोई हाथ बढ़ाकर बुझायेगा
और मैं फ़टे कोट में जब घुटनों को ढाँपूंगा
तो कमर नँगी रह जाएगी
और कमर ढाँपूंगा तो
पैर बर्फ बन जाएँगे

तुमने अच्छा ही किया दोस्त
जो शुरू में ही चले गए थे
साथ छोड़कर
वर्ना पैरों के बर्फ बन जाने पर
चलना
तुम्हारे बुते की बात नहीं थी
अंतराल बहुत घना था।

राजकुमार जैन 'राजन'

औरत

जब-जब भी
समय को मुट्ठी में बांधने की
कौशिश की
समय उतना ही तेजी से
फिसलता रहा
रेत की तरह

उदासी की शैतान पर छाइयाँ
यादों के पदचिन्ह बनकर
मन मस्तिष्क पर धमकती है
फड़फड़ाती
जीवन के पिंजरे में
सामाजिक मानदंडों के खोल चढ़ाए
अभिशप्त परम्पराओं
निःशक्त संवेदनाओं के
बंधनो में छटपटा रही मैं
एक औरत हूँ

हमारा परिचय यही
हमारी गति यही
मन का एक दरवाजा खुलता है
तो दूसरा बन्द होता है
इतिहास निर्लज्ज है कि
वह औरत को
'ताड़न की अधिकारी' लिखता है
जबकि पा लिया हमने आज
सारा आकाश

अपने दुःख के बोझ
हमने उतार फेंके

शिकवे कितने भी हो हर पल
मनुज़ को जन्म दिया हमने
स्त्रीत्व के ऋण से
कभी पार न पा सकोगे
अन्यथा
हमारे होने का अर्थ ही मिट जाएगा
और सृष्टि चक्र
एक पल में रुक जाएगा।

संभावना

आज फिर एक बार
अपने मन की
उम्मीदों भरी चादर पर
कुछ सपने टांग दिए हैं मैंने

चंद भावनाओं के बीज
मेरे भीतर चुपचाप
अंकुरित हो रहे हैं
भीग जाने दो मुझे
भीतर तक

अपनी ही आंख के पानी से
जब सिचुँगा उन्हें
मिल ही जाएगी संभावना
सपनो को बचाने की
घर के आंगन में अंकुरित होंगे
सुख के बिरवे
जिनसे फैलेगा चहुं ओर
नवसृजन का प्रकाश

राजकुमार जैन 'राजन'

यादों का मजबूत बंधन वार
और छांह में सोते हुए सपने
खामोशियों में भी
दबे पांव आ धमकेंगे
शून्य बनकर वर्तमान को
अस्त न होने देंगे

हमारे सपनो के
शीश महल में
हमारी अटूट आकांक्षाओं का
सैलाब उमड़ेगा और
श्रम का सूरज सफलता बन
हर पल मुस्कुरायेगा।

मनोज कान्हे 'शिवांश'

पिता का नाम	:	श्री विनोद कान्हे
स्थायी पता	:	ई-16, गुरु कृपानगर, एअर पोर्टरो, इंदौर (म.प्र) - 452005
शिक्षा	:	कॉमर्स ग्रेजुएट, आटो मोबाइल डिप्लोमा,
व्यवसाय	:	नौकरी
प्रकाशन विवरण	:	'साझा काव्य संग्रह 'मुक्त तरंगिणी', 'श्री नर्मदा के रत्न', 'भारत माता की जय' एवम् 'भारत के प्रतिभाशाली कवि' प्रकाशित। साथ ही विभिन्न पत्र पत्रिकाओं मे नियमित कविताओं का प्रकाशन।
साहित्यिक उपलब्धियाँ	:	जे.एम.डी प्रकाशन दिल्ली द्वारा पुलवामा शहीदों को समर्पित पुस्तक 'भारत माता की जय' मे रचनात्मक सहयोग के लिये अटल साहित्य अकादमी की ओर से 'मातृभूमि सम्मान' एवम् 'प्रतिभाशाली रचनाकार सम्मान'।

मनोज कान्हे 'शिवांश'

नित संघर्ष मन्त्र है जीवन का

निज अन्तर्मन की ज्वाला में,
संदेश छिपा है जीवन का,
कांटे पग पग या पुष्प मिले,
घनघोर घटाया धूप खिले,
हर हाल मे चलते रहना ही,
नित संघर्ष मन्त्र है जीवन का...

फ़ाग बसंत की छटा खिले,
या तपन चुभते पतझड़ की,
पथ मेरा ही मिल जाए,
या एकाकी आगे बढने का,
गिरकर खुद ही सम्भलने का,
नित संघर्ष मन्त्र है जीवन का...

फल की आशा को तजकर,
निष्काम कर्म करते जाना,
रुकना तेरा काम नही,
तू बस यूँही चलते जाना,
कुछ होना हो तेरे मन का,
नित संघर्ष मन्त्र है जीवन का...

जो जीत मिले तो दंभ ना कर,
जो हार मिले तो रंज ना कर,
जो दुख पहुंचाए औरों को
तू ऐसा कोई कर्म ना कर,
कष्ट अपनों के सहकर भी
पर पीड़ा के चिंतन का,
नित संघर्ष मन्त्र है जीवन का,,,
निज अन्तर्मन की ज्वाला मे,
संदेश छिपा है जीवन का,,,!!!

तेरे शहर से तो मेरा गांव भला

तेरे शहर से तो मेरा गांव भला,
तेरी चौपाटी से मेरा चौपाल भला,
यहाँ पक्के रोड़, पक्के मकान,
सपने अनंत किन्तु अधुरे अरमान,
वहाँ मिट्टी की सड़क, कच्चे मकान,
पैसा अल्प किन्तु खुशियां अपार,
किसकी मेहनत, किसकी रोटी,
किसका है पेट पला,
तेरे शहर से तो मेरा गांव भला...।

आचार नही, विचार नही, संस्कार भी शून्य
भीड तो अपार किन्तु अपने है न्यून...
यहाँ सीमेंट-कंक्रीट के जंगल, घुटता दम,
वहाँ खुली आबो-हवा, चिन्ता भी कम,
यहाँ कटते पेड़ों की बलि वेदी पर सड़कें,
वहाँ सड़कों की शोभा बढ़ाते पेड़,
संकुचित हृदय वाला शहर ये तेरा,
खुली किताब की तरह गांव मेरा,
सपनों के महलों से
यथार्थ का झोंपड़ा भला,,,
तेरे शहर से तो मेरा गांव भला,
तेरी चौपाटी से मेरा चौपाल भला...!!!

मनोज कान्हे 'शिवांश'

'घड़ी' और 'घड़ा'

हाथों की घड़ी
बडी महंगी पड़ी,
पल-पल, टिक-टिक,
दौड़ सपनो के लिए,
'दो घड़ी' का अभाव,
आज 'अपनों' के लिए,
दिल भी है छोटा,
समय का टोटा,
इससे तो भला,
मिट्टी का 'घड़ा'
सुलभता से मिल जाए,
और प्यास भी बुझाए,
किन्तु आज दोनो मे,
भेद है बड़ा,
आधुनिक है घड़ी
तो पिछड़ा है घड़ा,
हाथों में है घड़ी
किन्तु दो पल पास नही
शहरों के जीवन का,
एक मात्र है सार यही,
घडा पिछड़ा ही सही,
मिट्टी से जुड़ा
गांव का संस्कार,
'अपनत्व' के बोध का
एक सात्विक है विचार,,,
काश हाथों मे यदि,
आधुनिकता की प्रतीक
ये घड़ियाँ न होती
तो समय के अभाव की
पैरों मे यूँ बेड़ियाँ न होती...!!!

आखर कुंज

एक माँ ही तो है

एक माँ ही तो है
जो कभी थकती नहीं
उम्र हो चुकी है,
हाथ भी काँपने लगे है,
किन्तु दुआएँ उसकी
आज भी रुकती नहीं,
एक माँ ही तो है
जो कभी थकती नहीं...!

नेत्र कमजोर,
आंखों पर चश्मा है,
मेरे दिल की हर बात,
मन की आंखों से
पढना कभी चुकती नही,
एक माँ ही तो है,
जो कभी थकती नही,,,!

मौन रहकर हर दुख सहती है,
एकान्त मे चुप के चुपके रोती है,
किन्तु फिर भी कभी वो टूटती नही,
एक माँ ही तो है,
जो कभी थकती नही...!

रात को थककर
कितनी ही देर से घर लौटूँ,
'तू बैठ मै गरम रोटी बना देती हूँ'
ये कहना कभी भूलती नही,
एक माँ ही तो है,
जो कभी थकती नही...!

मै माँ पर लिखूँ,
मुझमे वो सामर्थ्य नही,
माँ की महिमा का वर्णन अनंत,
शब्द भी कम पड़ जाए...
माँ के बखान में
हर ग्रंथ भी छोटे रह जाएँ...
कलम की स्याही भी
जिसके गुणगान मे,
कभी सूखती नही,
एक माँ ही तो है,
जो कभी थकती नही...!!!

बेटियाँ प्रतिष्ठा का ताज हैं

उसने कहा मुझे बेटों पर नाज है,
मैने कहा बेटियाँ मेरी प्रतिष्ठा का ताज है,
उसने कहा बेटे कुल को रोशन करते हैं,
मैने कहा बेटियाँ घृणा, उपेक्षा और
स्वार्थ के घोर अन्धकार में
प्रेम की रोशनी का
झिलमिलाता सा एक चिराग हैं...!!

चिन्ता जिसे पिता की सताती है,
और माँ जिसे पल पल याद आती है,
जो रूठ भी अगर जाए तो
खुद ही सब को मनाती है,
हर हिचकी मे जो माँ को याद आती है,
जिसे याद कर आंख पिता की भर आती है

बेटियाँ ही तो है,
जो ससुराल मे रहकर भी,
मायके का फर्ज दिल से निभाती है...!!

हौसलों की उड़ान और बाकी है

जीवन की सुबह-शाम में
फासला बहुत बाकी है,
अभी अरमान और बाकी है,
हौसलों की उड़ान और बाकी है,

चुरा लो कुछ पल जिन्दगी से,
अपने लिये, कुछ अपनो के लिये,
उम्र की फिक्र छोड़ना दान बन जाओ,
जी लो जिन्दगी अपनी खुलकर भी,
कभी कभी फिर से बच्चा बन जाओ,
गुजरते वक्त के इम्तिहान और बाकी है,
अभी अरमान और बाकी है,
हौसलों की उड़ान और बाकी है...

वक्त मिले तो हो आओ कभी,
अपने ही गुज़रे जमाने मे,
तंग सी गलियों मे, भोली सी नादानियों मे,
अल्हड सी मस्ती, बचपन के ठिकानों मे,
वो सावन की झड़ी, वो बारिश का पानी
चलो कुछ पल बिताएं,
फिर कागज की नाव चलाने मे,
क्यूँ वक्त खोते हो,
खुद को ही आज़माने मे,
उम्मीदों के पंखों मे जान और बाकी है
अभी अरमान और बाकी है,
हौसलों की उड़ान और बाकी है...!!!

www.ingramcontent.com/pod-product-compliance
Ingram Content Group UK Ltd.
Pitfield, Milton Keynes, MK11 3LW, UK
UKHW021312160826
14477UKWH00023B/380

9 788194 208457